あやかし小町
大江戸怪異事件帳
どくろ舞

特選
時代
小説

鳴海 丈

廣済堂文庫

目次

第一話　どくろ舞《まい》

一

「あの……旦那、和泉《いずみ》の旦那」

地主の欣兵衛《きんべえ》が、訊《き》いた。

「わたくし、何か失礼なことでも、申し上げましたでしょうか」

「え」

京之介《きょうのすけ》は、自分の方を不安げに見ている欣兵衛の顔に、初めて気がついた。

そこは——浅草森田町《あさくさもりたちょう》の自身番《じしんばん》の中である。

二十三歳の若さで北町奉行所《きたまちぶぎょうしょ》の定町廻《じょうまちまわ》り同心《どうしん》を務める和泉京之介は、いつものように御用聞《ごようき》きの岩太《がんた》を連れて、市中見廻りの途中に、この自身番に寄ったのだった。

そして、上がり框《かまち》に腰を据えて熱い番茶を飲みながら、自身番詰めの当番である欣兵衛の話を聞いていた――つもりだったのだが、京之介は相槌《あいづち》も打たずに、上《うわ》の空《そら》であったらしい。

「いや、別に……」

京之介が、頭の中で急いで言い訳を考えているうちに、

「ははは、欣兵衛さん。うちの旦那がむっつりしてるように見えても、気にしちゃいけねえよ」

隣の岩太が、一笑《いっしょう》に付した。

三十一歳の十手者《じってもの》は、眉は炭を貼《は》りつけたように太く黒々として、目玉が大きい。鼻も口も何もかも大きく、剽軽《ひょうきん》な顔立ちなのだ。

軀《からだ》つきもずんぐりとしているので、親しみやすい印象で、聞きこみが得意である。

「和泉の旦那は四六時中《しろくじちゅう》、起きてる時は勿論《もちろん》、寝てる時だって、お役目のことばかり考えていなさるんだ。ちゃんと、お前さんの話を聞きながら、頭の中では、あっちの事件、こっちの下手人《げしゅにん》を検討している――という寸法よ」

「そうでございますか。勝手に気をまわしたりして、ご無礼をいたしました」

ほっとした様子で、半白髪の欣兵衛は、ぺこりと会釈する。

「いや、いいんだ」

ちょっと後ろめたい気持ちで、京之介は言った。

「そうそう、気遣《きづか》いは大事さ」

岩太は、調子が良い。

「亀の甲より年の功、さすがに森田町の欣兵衛さんは、若い奴らと違って、気配りが行き届いてらァね」

「ええ、そうですとも。どうも、近頃の若い者は横着《おうちゃく》でいけません」

安心したせいか、欣兵衛も、舌の滑りが良くなって、

「昨日の夜更《よふ》けに、屋根屋の若い衆が二人、いきなり、転がりこんできまして。化物《ばけもの》が出たと大騒ぎで」

「ほほう、化物ねえ」

相槌《こわ》を打ちながら、岩太は、ちらりと京之介の方を見る。京之介の表情は、少し強ばっていた。

「何でも正月早々に無尽《むじん》に当たったとかで、二人で吉原《よしわら》へ遊びに行ったんですな。それで、蔵前《くらまえ》通りを歩いてきて、親方の家まで帰ろうと、そこの新堀川《しんぼりがわ》の天文橋《てんもんばし》

を渡った、と。そしたら、化物が出たんで、二人も腰を抜かしてしまい、この番《ばん》屋《や》まで這《は》うようにして辿《たど》り着いたとか」

「……」

「わたくしと番太郎《ばんたろう》の二人で、すぐに橋のところまで見に行きましたが、化物なんかいやしません。二人とも、ひどく酔ってましたからね。きっと、風で揺れた柳の枝か何を、化物と見間違えたんでしょう。せっかくの無尽の金を、罰当《ばちあ》たりにも遊女なんかに貢いだ挙げ句に、化物とか人騒がせなことで」

「天文橋か。あれは前は、幽霊橋と呼んでたね」

「そうです」と欣兵衛。

「謂《いわ》れはわかりませんが、私の子供の頃から、ずっと幽霊橋と言ってました。でも、新堀川の向こうに、牛込《うしごめ》から御公儀《ごこうぎ》の天文屋敷が引っ越してきたので、自然と天文橋と呼ばれるようになったんですね」

「――で、その二人が見たというのは、どういう化物なんだ」

京之介が、あまり気の進まない口調で訊いた。

「ええと、髑髏《しゃれこうべ》……どくろですな。どくろが長い髪を曳《ひ》いて、ふわりふわりと舞うように空を飛んでいたそうで」

「どくろが舞うように空を……」

京之介と岩太は、顔を見合わせる。

「しかも、首がない、首がない――と恨めしそうに言ってたとか」

欣兵衛は、憤慨していた。

「馬鹿馬鹿しいったらありゃしません。首がないって、首は自分じゃないか――と言いたいですよ。全く、酔っ払いの戯言《たわごと》とは仕方のないもので」

十代将軍家治《いえはる》の治世《ちせい》――正月の三箇日も終わって、誰もがほっとした陰暦一月四日、その正午《ひる》前であった。

二

「さて――」

蔵前通りから浅草橋を渡り、左手に西両国広小路《にしりょうごくひろこうじ》を見る広場で、岩太は立ち止まった。

年末からの寒さは緩んでいないが、風が吹いていないのは有り難かった。

冷たく澄み切った青空の下、年始廻りも済んだとはいえ、行き交う人の群れは多い。

新年を迎えたばかりなので、人々の顔は、どことなく明るかった。和泉京之介の浮かない表情とは、対照的である。

「今日は、どっちに行きますかね」

岩太は小鬢《こびん》を搔きながら、

「両国橋を渡りますか、それとも、馬喰町《ばくろちょう》の方へ行きますか」

「うむ……」

京之介は、返事を濁した。

生真面目《きまじめ》で男らしい顔に、逡巡《しゅんじゅん》の色が浮かぶ。

ここから左へ曲がって広小路に行けば、そこには〈橘屋《たちばなや》〉という掛け茶屋がある。

その橘屋には、お光《みつ》という美しく清らかな十七歳の茶汲《ちゃく》み娘がいた。

京之介とお光は、はっきりと口にこそ出していないが、互いに深く想い合う仲である。

市中見廻りの際には、京之介は必ず橘屋に寄って、お光の給仕で茶を飲むのが習慣だった。

　ところが――昨年の末から、京之介は、橘屋に寄っていない。西両国広小路を避けて、見廻りをしている。

　理由は明白で、昨年の暮れに、京之介は初めて、お光と喧嘩をしてしまったからだ……。

「お前、俺を意地っ張りだと思ってるだろう」

　いささか拗《す》ねたような京之介の言葉に、

「さあ、どうでしょう。この道ばっかりは、人それぞれですからねえ」

　岩太は、首の後ろを撫でる。

「ただ、お光さんの方は……旦那の姿が見られなくて、寂しがってるでしょうよ」

「そうかな」

　京之介は、自信なげに黒足袋《くろたび》の爪先を眺めた。

「そうですとも」

　励ますように、岩太は言う。

「憎くて口論したわけじゃないって旦那の気持ちは、お光さんが一番良くわかってるはずですから」

「うん……」

京之介の表情が少しだけ、ほぐれた。

――お光には、秘密がある。

上総国東金村《かずさのくにとうがねむら》の名主屋敷で働いていたお光は、消息不明になった兄の佐吉《さきち》を捜すために、たった一人で江戸へ出てきた。

その旅の途中、御成街道《おなりかいどう》で泥で汚れた石仏を綺麗にしてやったら、封じこめられていた煙の妖《あやかし》〈煙羅《えんら》〉が解放されてしまったのである。

しかし、悪質な女衒《ぜげん》に襲われたところを煙羅に助けられたお光は、この妖に〈おえんちゃん〉と名づけて、自分の櫛《くし》の中に住まわせてやった。

そして、江戸へ着いたお光は、一日の利用者の数が四万とも五万とも言われる両国橋の袂《たもと》の茶屋に勤めた。

こんなに大勢の人が通る場所なら、兄さんに出会えるかも知れない――と思ったからである。

その一方で、お光は、どんなところへでも入りこめる煙羅の力を借りて、失せ物などで困っている人々を何度も救ってやった。

お礼の金は一切、受け取らず、ただ一升の酒だけを貰う。

自分が飲むわけではなく、酒は煙羅の大好物なのだが、いつしか、彼女は〈うわばみ小町〉と呼ばれるようになった。

この場合の〈うわばみ〉とは、大酒飲みの喩《たと》えである。

当時――京之介は、大店《おおだな》の蔵の中で殺人が起こり、そこから一人娘が消えるという怪事件を扱っていたが、捜査は難航していた。

岩太の熱心な勧めで、京之介は、うわばみ小町のお光に、怪事件の捜査への協力を依頼したのだ。

その時に、京之介は、お光が煙羅の力で消えていた娘を見つけ出す一部始終を、目撃したのである。

武士は怪力乱神《かいりきらんしん》を語らぬもの――と考えていた京之介であったが、実際に妖を見てしまった以上、その信条を撤回せざるを得なかった。

それから何度も、京之介はお光と煙羅のお陰で、妖がらみの事件を解決することが出来たし、また、彼がお光の危難を救いもした。

さらに、十八歳の娘陰陽師《むすめおんみょうじ》の長谷部透流《はせべとおる》とも出逢って、一緒に怪異に立ち向かったりもした。

京四郎とお光は、その過程で、いつしか、心が通じ合うようになったのである。

ぬりかべ、土《つち》ころび、樹娘《きむすめ》、松明丸《たいまつまる》、舟幽霊《ふなゆうれい》、かまいたち、かみへび、鬼砲《きほう》、木魂《こだま》魔、野干《やかん》、雪おんな、神たらず——様々《さまざま》な妖がこの世にいることを、二人は知った。

しかし、煙羅の力を借りて怪事件が解決する度《たび》に、京之介は逆に、お光を関わらせてはならない——と強く思うようになった。

逆恨みした悪党や、手柄を横取りされて面子《めんつ》を潰された町方《まちかた》同心や御用聞き、そして、危険な妖が、彼女を害するかも知れない。

また、煙羅の存在が明るみに出れば、お光自身も、世間から爪弾《つまはじ》きにされるであろう。

なまじ、清純な十七娘だけに、そんなことになったら、取り返しがつかない。

そして——京之介の不安は、ついに別の形で現実となった。

昨年の十二月、〈隻眼天狗《せきがんてんぐ》〉という辻斬りを追っていた京之介は、それが王子《おうじ》稲荷社《いなりしゃ》の狐の石像を傷つけた大身旗本《たいしんはたもと》の次男坊・桑田伊織《くわたいおり》であることを、突きとめた。

しかし、その伊織は、すでに死人《しびと》であった。

彼の中に、石像の眼を傷つけられて怒り狂った神使《かみつかい》——霊狐が宿って、死体を動かしていたのである。

刀や長脇差《ながどす》で斬っても突いても倒れず、陰陽師の透流も対処することが出来ない死人伊織は、お光に襲いかかろうとした。

京之介が相討ちを覚悟した時、お光は、傷ついた狐の石像に涙の粒を落としたのだ。

すると、狂乱状態であった神使が、伊織の軀から抜け出して、石像へと帰還したのである。

だが、その直後に、お光は意識を失って、地面に倒れこんでしまった。

それから、二日間——王子の料理茶屋〈志乃屋《しのや》〉の離れ座敷で、お光は眠り続けた。

京之介は、橘屋の主人・彦兵衛《ひこべえ》に、「お光は凄惨な捕物の現場を目撃して、気分が悪くなったので、店を休ませてくれ」という手紙を出した。

妖がらみの事情を、彦兵衛に打ち明けるわけにはいかないから、いい加減な理由を作ったのである。

そして、京之介は、彼女の枕元で、今まで心の奥底に蟠《わだかま》っていた疑問が氷解するのを感じた。

人の精気を吸って生きている煙羅が、なぜ、お光に懐《なつ》いたのか――。

何度も危険な妖に襲われながら、どうして、お光たちは助かったのか――。

どうして、陰陽師の透流でさえ見たことかないという狂った神使が、あの時、暴走をやめたのか――。

つまり――お光には、〈人間でない者を癒やす力〉があるのだ。

言うなれば、お光の存在は、火鉢の中で赤々と燃える炭火のようなもの、暗い座敷を明るく照らす蠟燭の灯《ひ》のようなものであろう。

雨に打たれ、雪に降られ、寒風にさらされた者は、その炭火に両手をかざして暖を取れば、生き返った気分になる。

しかし、炭は、永遠に燃え続けるわけではない。蠟燭も、永久に座敷を照らすわけではない。

その時間は己れの身《み》の丈《たけ》によって違うが、いつかは炭は燃え尽きて、冷たい灰となるのだ。蠟燭もまた、燃え尽きれば芯の滓《かす》が残るだけである。

お光の持つ〈力〉も、同じではないのか。

妖も神使すらも癒やす、その摩訶《まか》不思議な力を発揮することによって――お光はいつか、精も根も使い果たし、命そのものを削り尽くして、燃え尽きるのではないか。

現に、狂った神使を癒やして正気に戻したお光は、あまりにも力を使いすぎたためか、気を失ってしまったのだ。

もしも、お光が、このまま目覚めなかったら――京之介が、絶望的な気持ちに陥った時、ようやく、十七娘は意識を取り戻したのである。

三

この時の和泉京之介の気持ちは、歓喜という言葉そのものであった。

「良かった…良かった……」

お光の両手をとった京之介は、それだけ言うと絶句して、目に涙を滲ませた。

その様子を見て、

「京之介様………」

結綿髷《ゆいわたまげ》のお光もまた、涙ぐんだ。

髭《ひげ》も月代《さかやき》も剃《そ》っていない京之介を見て、ずっと自分の枕元にいてくれたのだ
――と悟ったのである。

「ごめんなさい……あたし……また、京之介様に心配をおかけしてしまったんですね」

「いや……お前が無事なら、それで良いのだ」

京之介は、無理に笑顔を作ってみせた。

そこへ、母屋《おもや》から娘陰陽師の透流も帰ってきて、お光が目を覚ましたことを喜んでくれた。透流は十七娘の軀を診《み》て、さしあたり、異常がないことを確認した。

お光が温かい卵粥を食べ終わって、安らかな寝息をたてるのを見届けてから、透流にあとを任せて、京之介は志乃屋を出た。

そして、近くにある髪結い床の表の戸を叩くと、「夜更けに、すまんな」と詫《わ》びて、月代と髭を剃ってもらった。

主人が断らなかったのは、勿論、京之介の身形《みなり》から町方同心とわかったからである。

そして、恐縮する主人に心付けを渡してから、駕籠《かご》に乗って、八丁堀《はっちょうぼり》の同心組屋敷へ戻った。

父の京之進《きょうのしん》には、「大事な証人を守るために、数日、帰宅できません」という内容の手紙を、岩太に届けさせていた。

京之介が、両親に二日も外泊したことを詫びると、父は「お役目のためならば、仕方がない。今夜は、ゆっくり休め」と言ってくれた。

かつては〈十手の鬼〉と呼ばれた京之進だが、三年前に卒中《そっちゅう》で倒れて隠居してからは角《かど》がとれたものか、きわめて温厚な人物になっている。

下男《げなん》の松助《まつすけ》から、お光のことを聞いているらしい母の奈津《なつ》は、黙って微笑していた。

自分の部屋で床《とこ》についた京之介は、お光は何日くらいで動けるようになるだろうか――と考えているうちに、すぐに深い眠りに引きずりこまれた。

二十三歳の若さは、熟睡によって二日間の心労を拭《ぬぐ》い去り、京之介は翌朝、呉服橋門《ごふくばしもん》内の北町奉行所に出仕した。

「意外と元気そうだな」

筆頭同心の平田昭之進《ひらたあきのしん》の部屋へ挨拶に行くと、北町きっての能吏《のうり》は、面長《おもなが》で理知的な顔に笑みを浮かべていた。

「和泉。風邪は、もういいのか」

風邪を理由にして、町奉行所には病欠届けを出していた京之介なのである。

「おかげさまで、本復《ほんぷく》いたしました」

京之介が神妙に頭を下げると、

「一度、組屋敷へ見舞いに行こうと思ったのだがな」

平田同心は、さらりと言う。

「もし、お前が家で寝ていなかったりすると、俺の管理不行き届きになる。だから、見舞いはやめておいた。まあ、堅物《かたぶつ》の和泉のことだから、万が一にも、そのようなことはあるまいがな」

「はあ……」

背中に冷や汗が流れるのを感じながら、京之介は両手をついて、叩頭《こうとう》した。

「ところで、辻斬り事件の報告書だが、あれで良い」

事務的な口調になって、平田同心は言った。

京之介は、志乃屋で隻眼天狗事件の報告書を書いて、病欠届けと一緒に、岩太に奉行所へ届けさせていたのである。

「名前もわからぬ浪人者が、辻斬りを繰り返した挙げ句に、香具師《やし》の一味と争いになり、両者とも死に果てた——と推測されるが、全員が死亡しているため、真相不明……まあ、こんなところだな」

狂った神使に乗っ取られて活動していた桑田伊織の骸《むくろ》は、身元不明の行き倒れとして、谷中《やなか》の浄閑寺《じょうかんじ》に葬られている。

理詰めで考えると、京之介の報告書は筋が通らない部分も幾つかあるのだが、平田同心は、それを指摘しなかった。

「この死んだ次男坊のことは、お奉行からお目付《めつけ》にもそれとなく話をしてあるから、桑田家の者がお前に嫌がらせをしてくるようなことはないはずだ。それでも、何かあったら、俺に言ってこい」

人使いの荒い平田同心だが、いざとなったら、このようにきちんと援護してくれるので、周囲の人望は厚い。

「やはり、わけのわからん怪しげな事件は、和泉に任せるのが一番だな」

「……………」

褒められたらしいのだが、何と答えて良いのか、京之介は、とっさに言葉が思いつかなかった。

「南《みなみ》の方も、この報告書で納得している。牧野大隅守《まきのおおすみのかみ》様からも、うちの御奉行にお礼の言葉があったそうだ。優秀な同心をかかえていて羨ましい——とまで言われてな。お奉行も鼻が高かったそうだぞ」

「畏《おそ》れ入《い》ります」

元々、連続辻斬りの事件は、十二月の月番《つきばん》である南町奉行所の扱いであった。事件を担当したのは、長谷川広之助《はせがわひろのすけ》という同心と配下の佐兵衛《さへえ》という御用聞きである。

しかし、この二人は賄賂《わいろ》をとることには熱心だが、難事件を解決することは苦手という困った者どもであった。

辻斬りによる第三の事件が起こっても、長谷川同心たちは、手がかりすら得られなかった。

それで、南町の奉行である牧野大隅守成賢《しげかた》から、非番である北町の曲淵甲斐守景漸《まがりぶちかいのかみかげつぐ》に、捜査協力の依頼があったのだ。

で、北町の同心たちが夜間警戒に出たその夜に、京之介が隻眼天狗の死人伊織に遭遇したのである……。

「和泉。今日は無理をしないで、奉行所で書類の片付けに専念してはどうだ」

「いえ。歩かないと、軀が固まってしまいそうで」

「ははは、さすがは十手の鬼の息子だ。では、気をつけて市中見廻りをしてくれ」

平田同心にそう言われて、京之介は、供待所で待っていた岩太を伴って、北町奉行所を出た。

「旦那、驚いちゃいけませんよ」

濠《ほり》に架《か》かる呉服橋を渡りながら、岩太が声をひそめて言う。

「ここ何日間か、驚くことばかりで、もう慣れた。何を聞いても、驚かないよ」

京之介は軽口を叩いた。

平田同心から報告書の疑問点を追及されなかったので、京之介は、肩から荷を下ろしたような気分なのである。

「透流さんから報《しら》せがあったんですがね……お光さん、今日から店に出てますぜ」

「何だとっ」

驚いて、京之介は立ち止まった。岩太の言う店とは、西両国広小路の掛け茶屋〈橘屋〉のことだ。

「困っちゃうな、どうも。驚かないって言ったのに」

岩太は眉をひそめる。

「お光は、二日も飲まず喰わずで寝てたんだぞ。どうして、透流は止めなかったんだっ」

京之進は、忠義者の御用聞きに、くってかかった。

お光が体力を回復して、本調子になるまで、志乃屋の離れ座敷で長谷部透流が世話をする──という約束だったのだ。

「それが、ご本人はぴんしゃんしてるし、一年で一番忙しい師走《しわす》に二日も休んで店に迷惑をかけたから、どうしても出ると言って、聞かなかったそうです」

「むむ……」

眉間に縦皺を刻んで厳しい顔つきになった京之介は、足早に呉服橋を渡り終えた。そして、左へ曲がって一石橋《いっこくばし》を渡る。

岩太は、あわてて付いてきた。

いつもの見廻りの順路を外れて、京之介は、最短距離で両国広小路へ向かった。

橘屋の店先に並んだ縁台《えんだい》は、客で埋まっている。黄八丈の小袖に緋縮緬《ひぢりめん》の片襷《かただすき》をかけたお光の姿が、そこにあった。

「あ、京之介様」

お光は、京之介の姿を見て嬉しそうに微笑《ほほえ》む。血色は悪くない。そして、髪に挿《さ》している古い黄楊《つげ》の櫛は、彼女の母の形見であった。そして、妖の煙羅の住居でもある。

「今日は、お早いんですね」

その笑みを見て、京之介はたじろいだ。どうして、そんな無理をするんだ——と怒鳴りつけるつもりだった言葉が、喉につかえしまう。

「……大丈夫なのか」

やっと、そう言うと、お光は頷《うなず》いた。

「二日も寝かせていただいたので、かえって、軀が軽くなりました。今朝も、御飯を三膳もいただいて……あら、いやだわ」

お光は、赤くなってしまう。

「ちょっと、待っててくれ」

京之介は、店の奥へ行くと、竈《かまど》の前にいた主人の彦兵衛に、「無理を言うが、お光を四半刻《しはんとき》ばかり貸してくれぬか」と頼む。無論、彦兵衛は、「へい、よござんすとも」と二つ返事で承知した。

橘屋から数軒離れたところにある蕎麦屋《そばや》の二階に、京之介とお光は上がった。

岩太は、下で待つ。

適当に注文した蕎麦を持ってきた太った女中が、階段を降りてゆくと、

「——なあ、お光」

京之介は、おもむろに話を切り出した。

「今まで何度も事件に関わるなと言っておきながら、俺は、お前に助けられてきた……この前の王子稲荷の時だって、お前が石像に涙を流したおかげで、みんなの命が救われたしな」

「あら、そんな」

お光は含羞《はにか》んだ。

「しかし、今度ばかりは、俺も本気だ」

表情を引き締めて、京之介は言う。

「二度と事件に関わったりしてはいかん。頼み事をされても、決して引き受けるな」

「……」

お光は俯《うつむ》いてしまう。

「その理由は、俺が言わなくてもわかっているだろう」

「……ええ」

こくん、とお光は頷いた。

「透流さんから、聞きました」

お光には人ではない者を癒やす〈力〉があり、しかも、その力を使いすぎると、躯を損ならしい――娘陰陽師の長谷部透流は、お光にそう言った。

「だったら、話が早い。二度と事件にも頼み事にも近づかないと、約束してくれるな」

京之介は、お光が頭に挿した黄楊のお六櫛《ろくぐし》を見つめて、この櫛に棲んでいる煙羅も何とかして引き離さねば――と思う。

このまま、お光が煙羅と暮らしていたら、妖がらみの事件に関わることを避けられない。

「…………」

お光は自分の膝頭を見つめたまま、無言である。

「どうした。なぜ、返事をしない」

声が尖っているのが、京之介は、自分でもわかった。

今朝――八丁堀の組屋敷から、呉服橋門内の北町奉行所に行くまでの間に、京之介は頭の中で、お光を説得する言葉を何度も何度も練《ね》り直したのである。

そして、彼の想定では、お光は京之介の忠告を聞いて、素直に承知する――はずであった。

ところが、現実のお光は、頑《かたく》なに彼に対する返事を拒んでいるではないか。

京之介の胸の中に、むらむらと怒りが黒雲のように湧き上がってきて、

「これほどに俺が心配を…あの二日間、お前の枕元で、俺がどれだけ……」

口にしているうちに、いきなり、激情が爆発した。

「もう、知らんっ」

勢いよく、京之介は立ち上がった。

「俺は知らんぞ、勝手にしろっ」

それだけ言い捨てると、京之介は、階段を踏み鳴らして、下へおりる。

背後でお光が何か言ったようだが、頭から湯気が立つように興奮している京之介には、聞き取れなかった。

草履《ぞうり》を引っかけて、蕎麦屋から飛び出した京之介は、ずんずんと橘屋の前を通り過ぎて、長さ九十六間の両国橋を一気に渡った。

東両国広小路を突っ切って、回向院《えこういん》の前まで来たところで、京之介は、つんのめるように立ち止まった。

（しまった……蕎麦屋の代金を払うのを、忘れていた）

父の京之進から、「賄賂は絶対に受け取るな、店屋《みせや》の代金も必ず払え」と固く

言い聞かされている京之介であった。

店の者が、「いえ、旦那には、いつもお世話になっているので。お代は結構でございます」と言っても、京之介は頑固に代金を払い続けてきたのだ。

(色恋に心を掻き乱されて代金を忘れるとは、俺としたことが……)

あわてて蕎麦屋へ戻ろうと踵《きびす》を返すと、

「おーい」

ずんぐりした軀つきの岩太が、こっちへ走ってくるところだった。

「えらく速い足だ。まったく、汗を掻きましたぜ」

「いや、戻らねばならん。蕎麦屋の…」

「代金でしょ」

岩太は懐を叩いて、得意顔になる。

「あっしが払っておきましたよ。こんな時に、旦那に恥をかかせるような、この岩太様じゃねえ」

「そうか……悪かった」

ほっとした京之介は、すぐに、お光のことを思い出した。

「お光は、どうした」

「あっしが橘屋まで、連れて帰りましたよ。蕎麦は勿体《もったい》ないから、橘屋に届けて貰って、女の子たちに食べて貰いました。ちょいと伸びちまいましたがね」

「何もかもお前任せで、すまぬことをしたな」

「他人行儀なこと言っちゃいけねえ。あっしは旦那の右腕、懐刀《ふところがたな》じゃありませんか」

それから、岩太は声を落として、

「謝るなら、今ですぜ」

「え」

「日《ひ》にちが経《た》つと、こじれます。お光さんに謝るなら、今のうちですよ」

「どうして、俺が謝らねばならんのだっ」

あまりにも大きな声だったので、回向院の門前の人々が、ぎょっとして京之介たちの方を見た。

武士が――まして、町方同心が、往来で無闇に大声を上げるものではない。

さすがに、京之介は恥じ入って、身を縮めるようにすると、

「……俺の方から謝る理由なぞ、何もない」

声を落として、言う。

「謝る理由があろうがなかろうが、女の子を泣かしたら、男が先に謝るのが、世間のしきたりってもんです」

「お光……泣いていたのか」

京之介は、ぎくりとした。

「旦那に怒鳴りつけられたんだから当たり前だが、涙ぐんでましたね。気丈《きじょう》に振るまってましたが」

「……」

怒りの黒雲が霧散して、京之介は、急に胸のあたりが苦しくなってきた。

あんな優しい娘を泣かせた自分は、どういう人間であろうか。

お光に申し訳ない――と京之介が思っていると、

「さあ、戻りますか」

岩太がそう言った。ところが、それを聞いた京之介の心に、突然、意味のない反抗心が膨れ上がったのである。

「今は、お役目の途中だ」

口を曲げて、京之介は、一目橋の方へ歩き出す。

頭の隅では、頑固なことを言わずに橋屋に戻った方が良い――と思うのだが、動き出した足の方が止まらなくなっていた。

小さな溜息をついて、岩太は、そのあとを付いてくる。

これ以来、京之介は橘屋を訪れていないし、お光とも会っていないのだった

……。

四

「――岩太」

浅草橋前の広場に立った和泉京之介は、岩太の方を見る。

「へい」

岩太は神妙な顔で、頷いた。

「お光には、どくろの化物の話をするなよ」

――地主の欣兵衛の話を聞いた京之介と岩太は、番屋を出てから、念のために天文橋の袂まで行ってみた。

無論、古い柳の木が立っているだけで、晴れた空を見上げても、長い黒髪を曳いたどくろが舞っているはずもなかったが……。

「そりゃ、勿論っ」

満面に笑みを浮かべて、岩太は言う。

「石を十枚抱かされたって、金輪際《こんりんざい》、喋《しゃべ》りゃしませんよ」

「馬鹿だなあ、牢屋敷へ行くんじゃあるまいし」

京之介は苦笑した。

小伝馬町《こでんまちょう》の牢屋敷には、〈穿鑿所《せんさくじょ》〉という建物があり、科人《とがにん》に自白させるための様々な責め問いの道具が揃えられていた。石抱きも、そのひとつである。

「お前の言うことは、いちいち大袈裟《おおげさ》でいけない」

「こりゃ、どうも」

ようやく、じゃれ合うような主従の遣り取りができるようになった、二人なのだ。

覚悟を決めた京之介は、両国橋の方へ歩き出す。

例の蕎麦屋の前を通り過ぎると、橘屋の店先に、お光が立っているのが見えた。

お光は盆《ぼん》を手にして、こちらに背を向けている。

京之介が近づくと、お光は、突然、振り向いた。彼の足音に気づいたのだろう。

「っ！」

切れ長の目が大きく見開かれると、お光は、さっと店の奥へ駆けこんでしまった。

「あ……」

声をかけ損なった京之介は、立ち竦《すく》んだ。

が、すぐに、お光は店の奥から出てくると、

「京之介様。お店を出られないので、あそこで」

彼の袂をつかむと、店の脇の大川《おおかわ》の方へ連れてゆく。

「うむ――」

京之介とお光は、護岸の石垣の上に立った。

大川の川面《かわも》を、荷船や猪牙舟《ちょきぶね》が忙しそうに行き交っている。水棹《みさお》を操り櫓を漕ぐ船頭の姿にも、活気が漲《みなぎ》っているようであった。

緋縮緬の片襷を外したお光は、

「この前は、ごめんなさい」

腰を折って、ぺこりと頭を下げた。

「京之介様は、あたしのことを心配して、おっしゃってくれたのに……黙りこんで返事をしなかったりして」

「う、うむ」

先手を取られた京之介は、受け太刀《うだち》になってしまった。

「でもね、あたし……京之介様にだけは、嘘を言いたくなかったんです」

「嘘……？」

お光は川面を見まわして、

「あそこに、下駄が浮いているでしょ」

「ああ」

両国橋の太い橋脚に、どこからか流れてきた古い下駄の片方が引っかかっている。

「あの下駄が、もしも、溺れそうになってる小さな子供だったら……近くに舟がなかったら、京之介様は飛びこんででも、助けようとなさるはずです。京之介様は、そういう方です」

力をこめて、お光は言った。

「まあな」

「同じような気がするんです、あたしのことも」

お光は、ちょっと寂しげな笑みを見せて、

「あたしは……おえんちゃんに頼んで色んなことをしてもらえるし、よくわからないけど、不思議な力で妖を宥《なだ》めることもできる……」

「…………」

「あたしの力で困っている人を救えるなら、その難儀を見なかったふりはできません。京之介様が、溺れている子を見捨てられないのと、一緒で」

「……そのために、自分が溺れ死んでもか」

言ってしまってから、言葉がきつかったと京之介は思った。もっと、優しい言い方があったろうに。

「だって……たとえ泳げなかったとしても、京之介様は、子供を助けるためなら川に飛びこむでしょ」

「うむ……」

本当にそうするだろう——と自分でも思う、京之介なのであった。

「つまり——」

京之介の表情が、自然と和《やわ》らぐ。

「俺たちは、似た者同士だったのかな」

「はい」

嬉しそうに頷いて、お光は、くすくすと笑った。

（助けられるはずの人間を見殺しにしてしまったら、この娘は、こんな風に明るく笑うことも出来なくなるだろう……）

京之介は、大きく息を吸いこんでから、

「俺の敗《ま》けだ」

溜息をつくように、そう言った。

「溺れてる子を助けるな、とは言わん。だが……くれぐれも勝手な真似だけはしてくれるな。何かする前に、必ず、俺に相談するんだ。いいな」

「はい」

お光は素直に頷く。

「やれやれ……今年も俺は、お前の心配をしながら過ごすのか」

晴れ晴れとした気分になって、そんな冗談も言えるようになった京之介であった。

「ごめんなさい」

もう一度、頭を下げたお光は、ふと、川面を見て、

「あら……」

「ん？」

京之介も、彼女の視線の方角に目をやった。二人を仲直りさせる役目は終えた――とでもいうように、例の下駄が橋脚から離れて、下流へと流されてゆく。

それは胡麻粒《ごまつぶ》のように小さくなり、やがて見えなくなった。

五

「年明け早々、また、他所様《よそさま》の後始末ですか。これじゃ、旦那とあっしは、何でも屋みたいなもんですね」

「そう言うな、岩太。こいつは、平田様直々《じきじき》の頼みなんだから」

その日の夜――和泉京之介と岩太は、夕餉《ゆうげ》も摂《と》らずに、小石川《こいしかわ》の大雲寺《だいうんじ》という寺へ向かっていた。

――市中見廻りを終えて、暗くなってから北町奉行所へ戻った京之介が、平田同心の部屋へ報告に行くと、客が来ていた。

寺社奉行・阿部正倫《あべまさとも》の家臣で、寺社役を務める相馬剛左衛門《そうまごうざえもん》であった。

剛左衛門という豪傑風の名前とは逆に、人の良さそうな顔立ちの小柄な中年男で、京之介とも顔見知りである。

「相馬殿はな、この前、勝部《かつべ》が捕まえた仏像泥棒のお礼に見えられたのだ」

寺社奉行は一万石以上の譜代大名の役職だが、町奉行所と違って、専門の与力《よりき》や同心がない。

一応、奉行の家臣が、形だけは寺社役や同心を務める。だが、実際の問題として、何の経験もないのに犯罪捜査をするのは無理であった。

そういうわけで、寺社領で起こった事件の捜査は、寺社奉行の依頼で町方同心が務めることが、ほとんどだった。

北町の同心・勝部義太郎《よしたろう》は、昨年の九月に麻布《あざぶ》の寺で起こった仏像盗難事件を任されて、年末に三人組の下手人を捕縛《ほばく》したのである。

「餅は餅屋と申しますが、さすがに見事なお手並みで、とても我らの及ぶところではありません」

にこやかな表情で、相馬は言った。

「勝部さんは、北町でも腕利きとして知られていますから」

先輩同心が褒められて、自分も嬉しくなってしまう京之介である。

「ところで、和泉。ちょうど良かった」

「相馬殿から、頼みがあるそうだ」

「はあ？」

「実は――」

　小石川村の西、谷端川《やばたがわ》の畔《ほとり》に宝国山《ほうこくざん》大雲寺という寺がある。

　今日の午後、その大雲寺の墓地に初老の女が入りこみ、墓を掘り返そうとして、たまたま墓参に来ていた藍染めの職人に取り押さえられた。

　大雲寺の納所《なっしょ》が、名前や素性を聞いても、女は貝のように口を噤《つぐ》んで何も言わない。

　持て余して、大雲寺では、月番の阿部奉行に訴え出た。だが、寺社方でも、そんな女を押しつけられても困る。

「その者は、何のために墓を荒そうとしたのです。新仏《にいぼとけ》の場合は、屍衣を剝《は》いで売り飛ばす不届き者がいるそうですが」

　京之介が訊くと、相馬は首をひねって、

「それが無言の行なので……身形からして、その年寄りは、貧に窮しての盗みとは思えぬそうです。墓は半年も前のものなので、死骸から衣装を剝いでも、売り物にはならんでしょうな」

若い娘の新仏の場合は、早世を不憫《ふびん》に思った親が、死者を着飾らせて埋葬することが多い。

罰当たりなことに、そういう新仏の墓を掘り返し、死者の高価な装束《しょうぞく》を剥ぎ取って古着屋に売る――という犯罪者がいるのだ。

しかし、埋葬してすら半年も過ぎていたら、死体は腐敗して骸骨となっているから、装束もかなり傷んでいる。

いくら洗っても、屍臭は消えないから、古着屋には売れないだろう。

「――まあ、金に困っていたとしても」

京之介は続けた。

「置き引きや空《あ》き巣狙いならともかく、わざわざ女の細腕で墓を荒らすというのは、無理がありますな。しかも、夜中ならともかく、まだ墓参りの客もいる明るいうちにやるとは」

「そうでしょう。打てば響くようなご明察、ぜひとも、和泉殿にお任せしたい」

「え」

「墓荒しは重罪ですし、見逃して寺から放り出したとしても、その年寄りに首でも縊《くく》られると、後味が悪い――と住職も申しております。何とか理由を訊きだして、穏便《おんびん》に処理していただきたい。一切を、和泉殿の判断にお任せしますので」

頭を下げてみせる、相馬剛左衛門であった。

「和泉、俺からも頼む。一休みしたら、ご苦労だが、小石川まで行ってくれ」

平田同心にまでこう言われると、京之介としても、引き受けざるを得なかった……。


「――夜分に御足労をおかけしまして、まことに畏れ入ります」

大雲寺の住職・西念《さいねん》は丁寧に挨拶をしてから、京之介たちを庫裡《くり》に案内した。

「こちらです。何とぞ、穏便にお取りはからいくださいまし」

縛ってこそいなかったが、小坊主に見張られて、五十前後と見える女が座敷の隅に座っている。

髪こそ白いものが混じっているが、背筋をしゃんと伸ばしたこの女には、若い頃の色香が残っており、どことなく粋《いき》な雰囲気があった。

一目《ひとめ》で町方とわかる京之介の姿を見ても、女は怯《おび》えた顔も見せない。膝の上に置いた両手の指先が、ひどく荒れていた。

「俺は北町奉行所の定町廻りで、和泉京之介という。こっちは、御用聞きの岩太だ」

「……」

女は、無言で頭を下げる。

西念と小坊主は、次の間で成行《なりゆき》を見守っていた。

「耳は聞こえるようだから、まんざら、喋れないわけじゃあるまい。なんで、他《ひ》人様《と》の墓を荒そうとしたのか、教えてくれぬか」

「他人様ではございません」

老婆は、ぴしゃりと言った。睨むように、京之介を見て、

「あれは……あそこに埋められているお絹《きぬ》は、私の娘でございます」

「何だと」

取り調べの前に西念から聞いた話では、このお路《みち》という女が掘り返そうとしたのは、麹町《こうじまち》の葉茶商《ちゃばしょう》〈三崎屋《みさきや》〉の長女で、お絹という十八娘の墓であった。

「すると、お絹は、三崎屋の実の娘じゃなくて、貰いっ子だったのか」

「わたくしは路と申しまして、文字常《もじつね》の名で下谷《したや》で小唄の師匠をしております」

「どうりで、垢抜《あかぬ》けしてると思ったよ」

岩太がそう言って、改めてお路を上から下まで見まわす。

文字常のお路は、その岩太にも、如才《じょさい》なく会釈してから、
「十八年前、わたくしにはお世話になっている旦那がおりましたが、金比羅《こんぴら》船で四国へ参詣に行く途中、強風で波が荒れた時に、誤って海に落ちて亡くなりました——」

その後で、お路は、自分が身籠《みご》もっていることに気づいた。

しかし、大店の主人であった旦那が生きている時ならともかく、死んでしまってからでは、どうにもならない。

その店へ行って、「こちらの旦那の隠し子だと認めてください」と言ったところで、騙《かた》りと思われて奉公人たちに追い出されるのが、関の山だ。

そして、お路は女の子を生んだが、小唄の師匠をやりながら子育てするのは無理である。

結局、間に入る人がいて、女の子は養子に出すことになった。

文字常は一生縁切りの約束証文を書いて、代わりに十両の手切れ金を貰った。貰い先は教えて貰えなかったが、堅気の商人だと聞かされていた。

「——すると」京之介が訊く。

「お前は、どうして、三崎屋のお絹が自分の子だとわかったんだ」

「私の弟子で、養子の仲人《なこうど》になってくれた植木屋の御隠居が、それから二年後に亡くなりました。そのお弔《とむら》いの時に、御隠居のおかみさんが教えてくれたんです。亭主からは絶対に教えちゃいけないと言われたけど、同じ女だから、お前さんの気持ちはよくわかる、どうしても、自分の子が貰われた先を知っておきたいだろう――とおっしゃって」

すぐに、お路は、麹町へ行ってみた。

物陰から、こっそりと三崎屋の店先を伺うと、おりよく、主人夫婦が小さな女の子を抱いて帰ってきたところだった。

「あれが自分の産んだ子か――と思わず涙が出ましたが、見れば二親《ふたおや》に可愛がられている様子、こっちが名乗りを上げて、幸せな暮らしに波風を立ててはいけないと思い、両手を合わせて三崎屋さん夫婦を拝んでから、家へ戻ったのでございます」

「……………」

「それから、朝晩、お絹の幸せを祈願しながら、一度も三崎屋へ行ったことはありません。ところが、半年ばかり前のこと――」

お路の口元が、わなわなと瘧《おこり》のように震えた。

「お絹は殺されてしまったのでございます。無惨《むざん》にも、首を切り落とされて」

六

和泉京之介は、あっと膝を叩いた。

「思い出した、中之郷《なかのごう》の土堤《どて》で見つかったホトケだな」

三崎屋という屋号はよくあるので気がつかなかったが、昨年の六月の早朝――首を切断された若い女の死骸が、大川の河原で見つかった。

通りがかりの者が、草叢《くさむら》の中に女の死体が横たわっていて、すぐ近くに、その頭部が転がっているのを見つけたのだ。

「ええと、あれは……」

岩太は、大きな目玉を左右に動かしながら、

「下手人はわかったんだけど、すでに死んでたんじゃありませんかね。たしか、手がけたのは、長谷川の旦那ですよ」

「長谷川様か……」

京之介は、難しい顔つきになった。

南町奉行所の古株同心・長谷川広之助は、京之介にとって、色々と因縁《いんねん》のある相手であった。先月の隻眼天狗事件の担当でもある。

「それで、お前はどうして、お絹の墓を掘り返そうとしたのだ。形見でも欲しかったのか」

「旦那は、夕べ、天文橋に化物が出たことは、ご存じですか」

自身番で聞いた怪談話をお路が持ち出したので、京之介は驚いた。

「どくろが空を舞っていたという話なら、聞いたが」

「はい。そのどくろは、首がない――と言っていたそうですね」

「うん、そうらしい」

「実は今朝方、お絹がわたくしの枕もとに立ったのでございます。切り落とされた自分の頭を両手でかかえて、首がない、首がない……と申しおりました――」

今頃、どうして、お絹が枕もとに立ったのか――とお路が訝《いぶか》しんでいると、出入りの魚屋が、「夕べ、屋根屋の若い衆が、どくろが舞うのを見たそうですよ」と教えてくれた。

それを聞いたお路は、お絹が実母である自分に何かを訴えかけているのでは――と考えて、以前に聞いていた三崎屋の菩提寺である大雲寺へとやってきた。

そして、お絹の墓の卒塔婆《そとば》を見ているうちに、もしや、誰かに首を盗まれたのではないか——と思えてきたのである。

若い娘が首を切断されて殺されるということが、すでに痛ましいのに、その墓から首を盗まれたとしたら、さらに酷《むご》い話だ。

我が子の哀れさに、頭に血の昇ったお路は、棺桶の中を確かめるために、思わず、素手で墓を掘り返そうとした。

それを遠目で見ていた藍染め職人が、あわてて駆けつけて、お路を取り押さえたというわけだ……。

「こんな話をしたところで、子を失って頭のおかしくなった馬鹿な女の思いこみと、馬鹿にされて笑われるだけでしょう……ですから、今まで黙っておりました」

お路は、疲れた声で言った。

「ですが……こちらの旦那は、何となく他のお町の旦那方とは違うように見えたので、包み隠さずにお話しした次第です」

京之介は、しばらくの間、お路の荒れた指先を見つめて、

「——お路。今の話に、嘘偽《うそいつわ》りはあるまいな」

「はい。全て、真実《まこと》でございます」

しっかりと頷くお路から、京之介は、岩太に視線を移した。

岩太も、あっしもそう思います——という風に、無言で頷く。

「よし、わかった——」

京之介は、次の間にいる住職を見て、

「灯《あか》りと何か掘る物を用意してくれ。お絹の墓を掘り返してみる」

それを聞いたお路は、信じられないという風に目を見開いた。

「な、なにをおっしゃいますっ」

西念は、あわてた。

あそこの寺では墓を掘り返したそうだ——などという噂が立ったら、檀家が逃げてしまう。この若い同心に穏便な処理を期待していたのに、何ということを言い出すのか。

「そんなことは、お寺社の許しがなければ、出来かねます」

「俺は、寺社奉行の阿部様の家臣で寺社役の相馬剛左衛門様から、この件についての一切を任されている。さっさと用意しろっ」

叩きつけるように言って、京之介は立ち上がった。岩太も、お路を立たせてやる。

仕方なく、西念は寺男の亀六《かめろく》という男に鍬《くわ》を担がせ、小坊主に提灯《ちょうちん》を持たせた。

その小坊主を先頭に、京之介たち六人は、本堂の裏の墓地へと入った。

怪談の本場は夏だが、四日月に照らされた陰暦一月深夜の墓地も、決して気持ちの良い場所ではない。

小坊主は怯えきっていたし、四十男の亀六も、ひどくそわそわしていた。

提灯の明かりがお絹の墓の卒塔婆を照らすと、京之介は屈《かが》みこんだ。地面に触れて、

「岩太。近頃、雨は降ったかな」

「いえいえ。去年の暮れから、ざっと七日ばかり、雨も雪も降っちゃいません」

「それなら、地面は乾き切って固くなってるはずだが、ここの地面は柔らかい。お路が、手で掘り返そうとしたわけだ。まるで、埋め戻したような…」

そこまで京之介が言った時、

「あ、こいつ、待ちやがれっ」

闇の中で、岩太が何者かに飛びついたようである。

すぐに京之介も、その捕物に加わって、素早く相手を縛り上げた。

「あ、亀六」

小坊主から取り上げた提灯を差し出して、住職の西念は驚いた。

捕縄で後ろ手に縛られているのは、寺男の亀六だったのである。

「お前、どうしたのだ」

町方同心に墓を掘り返すと言われる、寺男は縛られるで、西念は、すっかり気が動転してしまった。

「旦那が、埋め戻したような——と言ったら、この野郎が闇に紛《まぎ》れて逃げだそうとしたんですよ」

「知らねえ、俺は何も知らねえんだ。何も悪いことはしてねえ」

必死に喚《わめ》く亀六の頭を、岩太が、大きな拳骨《げんこつ》で殴りつけた。

「ふざけるな。何も悪いことをしてねえ奴が、どうして、鍬を放り出して逃げようとしたんだ。言ってみろっ」

すると、亀六は、そっぽを向いて、頑固に黙りこんでしまう。

「こいつめっ」

もう一発、岩太が拳骨をくらわそうとすると、京之介が、

「岩太。そんな奴の詮議《せんぎ》は後まわしだ。まず、この墓を掘り返してみろ」

「そうだ、そうでした」

体力には自信のある岩太は、亀六の捨てた鍬を拾うと、猛烈な勢いで墓を掘り返す。すぐに、座棺の上蓋が見えてきた。

「む」

西念の手から提灯を取って、京之介は刮目《かつもく》した。その上蓋《うわぶた》が割れていたからだ。

「棺桶が壊れないように、そっと土を払ってくれ」

「へい……こんなもので」

西念は数珠《じゅず》をつまぐりながら、念仏を唱え始めた。小坊主も震えながら、一緒になって念仏を唱える。

お路は、かっと目を見開いて、棺桶を見つめていた。

「よし。そっと蓋を開けてみろ」

「開けますよ、いいですね」

岩太が、丸い蓋を取った。

提灯をかざして、京之介が袂で鼻先を隠しながら、座棺の中を覗きこむ。

「ああっ」

お路が、絶望的な悲鳴を上げた。

その棺桶の中に立て膝で座っているのは、胴体と手足だけの骸骨であった。どこにも、頭部はなかったのである。

七

捕縛した寺男の亀六を、和泉京之介は、戸崎町の自身番に預けた。

大雲寺の住職の西念に預けると、事なかれ主義の西念は、逃げられたことにして亀六を解き放してしまうだろう——と思ったからだ。

それから、番太郎に駕籠を三丁、用意させた。

一丁の駕籠には、文字常のお路を乗せて、

「俺が必ず、この事件を解決してお絹の無念を晴らしてやる。だから、決して早まった真似はするなよ」

そう言い聞かせると、駕籠舁《か》きに阿部川町へ送るように命じた。

お路は、駕籠の中で、京之介に手を合わせていたようである。

それから、残った二丁の駕籠に、京之介と岩太が乗りこんで、呉服橋門内の北町奉行所へ戻った。

奉行所の下男に命じて、二人は、肩に浄《きよ》めの塩をかけて貰う。

深夜にも関わらず、筆頭同心の平田昭之進は自分の部屋で待っていた。

「たぶん、お前が報告に戻るだろうと思ってな」

そう言って笑った平田同心は、京之介の話を黙って聞いてから、

「その寺男は、何と言っているのだ」

「朝方、墓地を掃除に行ったら、お絹の墓が荒らされていて、棺桶の上蓋が割れているのを見つけたので、あわてて埋めた――と申しております。墓荒しに気づかずに寝ていたことで、自分が咎《とが》められると思ったそうで」

「その弁明を、お前は、どう見たな」

「嘘はついていないようでしたが……実は、亀六はとんでもない喰わせ者で、墓荒らしの手引きをして、知らぬふりをしているだけかも知れません」

「和泉は、どくろになったお絹の首を盗んだ下手人の目的を、どう思う」

「三崎屋への嫌がらせか、首と引き替えに金を要求する、もしくは、生前のお絹に岡惚《おかぼ》れしていた異常な男の仕業《しわざ》……今、考えられるのは、こんなところで」

「うむ、それで良い。寺社奉行の阿部様には、俺の方から話をしておくから、遠慮なく、その首盗人《くびぬすっと》を見つけ出せ。お上《かみ》を怖れぬ、不届き千万《せんばん》な奴だ」

「今晩中に三崎屋に乗りこむことも考えましたが、まずは平田様にご報告して、

お絹の事件の詳細を調べてから——と思いまして」

「そうだな。南の事件だが、物書役《ものかきやく》同心の土屋《つちや》なら、詳しいことを知っているだろう。明日の朝、早速、聞いてみるがいい」

自身番に預けた寺男の亀六は、明日、誰かに引き取りに行かせて、事件が解決するまで町奉行所の仮牢に入れておこう——と平田同心は言った。

「わかりました。それでは、これで——」

北町奉行所を退出した京之介は、岩太と一緒に居酒屋に入り、遅すぎる夕餉を摂った。

銚子一本を二人で分けて飲みながら、明日の打ち合わせをして、組屋敷へ戻る。

(念のために、明日の夜にでも、阿部川町にお路の様子を見に行こう。素手でお絹の墓を掘り返そうとしたくらいの気性だから、もう一度、無茶をしないようにと言い聞かせないと……)

そんなことを考えているうちに、京之介は眠りに落ちた。

翌朝——北町奉行所に出仕すると、京之介は、物書役同心の土屋嘉兵衛《かへえ》の部屋を訪ねた。

北町の〈生き字引〉といわれる土屋同心は、温和で理知的な面立《おもだ》ちの人物で、過去のあらゆる事件に精通している上に、博学でも知られている。

「去年の六月、女の首切り事件……」

土屋同心は、広い額に手を当てて、少しの間、考えこんでいたが、

「ああ、あれか。妙な事件だったな」

「どのように妙な事件だったのですか」

「まあ、初めから話そう——」

六月半《なか》ばの早朝——大川の東岸の通りを、納豆売りの為助《ためすけ》が歩いていた。水戸家《みとけ》の屋敷の前にある源森橋《げんもりばし》のところまで来ると、土堤の下の河原で、野良犬が吠えている。

好奇心にかられた為助は、河原へ降りると、石を投げつけて野良犬を追い払った。

そして、野良犬の吠えていた草叢を覗きこんでみると、そこに、若い女が倒れていたのである。

さらに、その頭部が近くに転がっていた。

生前は美しかったであろう女が、虚ろな眼差しを為助に向けている。そばに、御高祖頭巾《おこそずきん》も落ちている。

吃驚仰天《びっくりぎょうてん》した為助は、藻掻《もが》くようにして土堤を這い上がると、中之郷の自身

番に駆けこんだ。

そこにいたのが、南町奉行所の定町廻り同心・長谷川広之助と御用聞きの佐兵衛の二人であった。

すぐに二人は現場へ駆けつけて、ホトケを調べてみた。

二十歳前と見える女で、御殿髷《ごてんまげ》を結っているし、藤色の衣装からしても、どこかの武家屋敷の女中らしい。

現場にあまり血痕がなく、また、切断面の状態から、女は殺されてから首を鉈《なた》か何かで切り落とされたようである。

そして、死体の左の袂に小さく畳んだ紙が入っていた。

広げてみると、今夜、戌《いぬ》の中刻《ちゅうこく》、いつもの場所で待つ――と金釘流《かなくぎりゅう》の下手《へた》くそな字で書かれている。

冒頭には〈絹様〉、末尾《まつび》に〈芳《よし》〉と書かれていた。つまり、これは、芳という男から絹枝《きぬえ》という女宛に書かれた、逢いびきの手紙であろう。

戌の中刻――午後九時というと、こんな大川端の通りを歩いている者はいない。

すると、女は徒歩ではなく、駕籠でこの近くまで来たのではないか――と長谷川同心は考えた。

そこで、御用聞きの佐兵衛が、下《した》っ引《ぴき》の連中に命じて、中之郷から本所深川《ほんじょふかがわ》の駕籠屋の聞きこみをさせたのである。

翌日、ホトケを乗せた駕籠屋がわかった。

その駕籠舁きは、源森橋の向こうの水戸家の屋敷の角で、女を下ろした——という。女は人待ち顔で、そこに佇んでいたそうだ。

そして、女は、深川にある旗本屋敷の女中で、十八になる絹枝という者であるとわかった。

家禄六百石、新番組頭《しんばんくみがしら》を務める大原兵庫《おおはらひょうご》の屋敷は、道本山霊巌寺《どうほんざんれいがんじ》の近くにある。

長谷川同心が、その屋敷を訪ねると、

「絹枝が、乳母が危篤《きとく》だという報せが実家から来た——と言うので、うちの殿様の格別の温情で、駕籠を用意させた。乳母は、中之郷の息子の家に引き取られているというから、そこまで送るように——と駕籠舁きに申しつけてな。もしも、通夜や弔いになったら、それが済むまでは戻らずとも良い——と言っておいたので、当方としては、連絡が来るのを待っていたのだが」

大原家の用人《ようにん》・沢田久内《さわだくない》が、そう言う。

絹枝というのは武家屋敷に奉公するための名前で、本当の名は、お絹。麹町の三崎屋の娘で、まだ奉公して一月《ひとつき》余りだそうだ。

「真面目な娘に見えたが、まさか、男と逢いびきするために偽りを申しておったとは。だが、主君を騙《だま》した女であっても、そのように無惨な形で殺されたのは不憫じゃ。殿様も奥方様も、さぞ嘆かれることだろう」

嘆息する沢田用人に礼を言って、長谷川同心は大原屋敷を出た。

そして、長谷川同心と佐兵衛は麹町へ行って、三崎屋の主人夫婦に「芳という男に、心当たりはないか」と問い質《ただ》した。

娘の突然の死の報せに驚き悲しみながらも、弥兵衛《やへえ》とお蔦《つた》の夫婦は、そういう名前の男は知りません――と言う。無論、中之郷に乳母がいるというのも、嘘であった。

念のために、佐兵衛が三崎屋の奉公人の名前を調べたが、芳とつく名前の者はいない。

「若い娘のことだから、親に隠れて惚れた男がいるのは珍しくもねえ。殺してから首を切り落とすというのは、よほどの恨みだ。ひょっとしたら、お絹というのは、とんだ阿婆擦《あばず》れで、何人もの男を手玉に取って、その痴話喧嘩の果てに殺されたのかもな」

そう言って、長谷川同心は、佐兵衛にお絹の周辺を調べるように命じたのである。

ところが――お絹は地味な娘で、浮いた噂ひとつなく、下っ引たちがどんな聞きこんでも、〈芳の字の男〉は浮かび上がってこない。

何の進展もないまま、三ヶ月ほどが過ぎて、これは未解決のまま終わるかと懸念された時――下っ引の一人が、耳寄りな話を聞いた。

庄太《しょうた》という小悪党が、酒に酔って、「俺は首切り事件の下手人を知ってるが、岡っ引どもが目を皿のようにして探索しても、絶対に捕まらねえよ」と放言していたという。

下っ引の報告を聞いた佐兵衛は、すぐに庄太を捕まえて、自身番へ連行した。

そして、「てめえ、なんか、洒落《しゃれ》たことを抜かしたそうじゃねえか」と三、四発、往復びんたをくらわせると、庄太はべそそと泣き出して、

「勘弁してください、親分。酒の勢いで、つい、口が滑ったんで」

「そうか」

佐兵衛は、にやりと嗤《わら》って、

「じゃあ、俺も、つい手が滑るよ」

もう一発、びんたをくらわせた。首切りの下手人は、てめえか」

「さあ、素直に吐け。

「冗談じゃありません」

必死で、庄太は弁解した。

「下手人は、清次郎《せいじろう》って奴ですよ。俺にゃ、人殺しするような度胸はありません」

「度胸で人殺しをされてたまるか、馬鹿野郎。で、その清次郎ってのは、今、どこにいるんだ」

「小塚《こづか》っ原《ぱら》です」

「何だとっ」

「清次郎の奴は先月、磔《はりつけ》になりました――」

これには、佐兵衛も呆気《あっけ》にとられて、とっさに言葉が出なかった……。

「――つまりだな」土屋同心は語る。

「庄太という奴は、湯屋《ゆや》で板の間稼ぎをしようとして客に捕まり、小伝馬町に送られた。その時に、元の主人を殺した罪で入牢《じゅろう》していた清次郎というごろつきと、同房になったわけだな」

清次郎という男は、元は足袋屋に奉公する手代《てだい》だったのだが、集金した金の遣いこみをして、店から追い出された。

そして、江戸の暗黒街の底で蠢《うごめ》いて悪事を働く壁蝨《だに》の一匹になったのである。

それが、偶然、路上で会った元の主人が、一目で無頼漢とわかる彼の風体を見て眉をひそめ、「お前のような者は、追い出して本当に良かった」と言ったのだ。

それを根に持った清次郎は、元の主人を待ち伏せして、匕首《あいくち》で刺し殺したのである。

主従関係を社会の基礎とする江戸時代では、主人殺しは重罪である。主人殺しは磔と決まっていた。

今の主人ではなく、元の主人であっても、それは同じである。

その主殺しの清次郎が、どこが気に入ったのか、牢内で庄太と親しくなり、

「お上なんて、盆暗《ぼんくら》もいいところさ。実は、俺は、もう一人、殺してるんだが、あいつら、気がつきもしねえ」

「清兄《せいあに》ィ、そのもう一人ってのは」

「女だよ。お絹って大店の娘だ」

三十過ぎの清次郎の話によれば――お絹が大原家に上がる前、市ケ谷の自証《じしょう》院《いん》に参詣している時に、酔った浪人に絡まれた。

その時に、清次郎が助けてやったことで、お絹と付き合うようになり、夫婦約束までした。

ところが、お絹が旗本屋敷への奉公に行ってしまい、お暇を貰うのが何年後になるか、見当もつかない。

そのことで話し合いをするために、清次郎は、子供に駄賃をやって、お絹に手紙を届けさせた。

そして、水戸家の屋敷の近くで待ち合わせをし、土堤下の河原で話をしたのだが、お絹は夫婦約束は忘れてくれという。

かっとなった清次郎は、お絹を絞め殺した。

だが、それだけでは飽き足らず、近くの農家から鉈を盗み出して、死体の首を切り落としたというのである。

「俺が口を噤んだまま磔台に上りゃ、お絹殺しは金輪際、下手人が上がらねえ。様《ざま》ァ見ろってもんさ」

そう言って、清次郎は毒々しい笑みを浮かべたそうな……。

「――小伝馬町の牢屋敷に問い合わせると、たしかに、主殺しの清次郎と庄太は、同じ牢に入っていたそうだ。そういうわけで、下手人は判明したが、すでに処刑済みということで、この首切り事件は落着したわけだな」

「はあ」

納得できない顔で、京之介は首を傾《かし》げる。

つまりは、お絹を殺したという清次郎の自白は、伝聞でしかないわけだ。

「大体、清次郎という名前だと、芳の字が付きませんが」

「そこは、清次郎がお絹に、芳造《よしぞう》とか何とか偽名を名乗っていたから——と南の長谷川さんは判断したようだな。裏付けはとれなかったようだが……それから、検屍の結果だが、お絹は生娘《きむすめ》のままだったそうだ」

「土屋様、それは…」

「おかしいと言えば、おかしい」と土屋同心。

「清次郎のような奴が、夫婦約束までした女に手を出さないわけがない——が、それだけ、清次郎は本気でお絹に惚れていたのかも知れぬ」

「……………」

「本気だったからこそ、お絹が心変わりしたことが許せず、首まで切り落としたのかも知れんしな」

土屋同心は、興味深げに京之介を見て、

「まあ、平田様のお許しが出たのだから、この事件、和泉の気の済むまで徹底的に調べ直してみることだ」

「有難うございます」

和泉京之介は両手をついて、頭を下げた。

八

——親から貰った本当の名前は、〈為助《ためすけ》〉という。だが、顔が水でふやけた空《そら》豆《まめ》そっくりなので、いつの間にか、彼は周囲から〈豆助《まめすけ》〉と呼ばれるようになった。

そして、為助の豆助は雑穀屋で丁稚奉公《でっちぼうこう》をしていたのだが、その店が主人が吉原の華魁《おいらん》に入れあげて、放蕩《ほうとう》で潰れてしまったのである。

親兄弟に死に別れて、身元を保証する請人《うけにん》もいない豆助は、新しい奉公先を見つけることが困難であった。

浅草寺《せんそうじ》の門前で、住む場所もない豆助が、夜鳴き蕎麦で腹を満たしながら愚痴をこぼしていると、屋台の親爺《おやじ》がひどく同情して、

「お前さん、納豆売りをしてみないかね」

そう勧めてくれた。

浅草の納豆売りの元締をしている五兵衛《ごへえ》が、売り子が足りなくて困っているという。

売り子をするのなら、五兵衛の口利きで田原町《たわらちょう》の裏長屋に住まわせてくれるというのだから、豆助にとっては、まさに「渡りに船」であった。

豆助という渾名《あだな》も、何となく、納豆売りに相応《ふさわ》しいような気がする。

しかし、売り子を始めて最初の数日間は、商売の骨《こつ》通がわからず散々であった。長屋や商家《しょうか》を廻っても、どこも出入りの納豆売りが決まっていて、そこへ割りこむのは容易ではない。

そこで、豆助は、思いついたことがある。

武家屋敷はどうだろうか——武家屋敷なら、一軒だけで十数人から数十人、大きな屋敷なら百人を越える需要があるはずだ。

それで、本所から中之郷辺《あた》りの武家屋敷を廻ってみると、これが上手《うま》くいって、得意先が幾つも出来た。

豆助、納豆売り道に開眼す——である。

ところが、昨年の六月のこと——その日の朝も、水戸家の屋敷の中間部屋《ちゅうげん》で残った納豆を全部、買って貰ったので、空《から》になった荷箱を下げた豆助は、源森橋のところまで来た。

で、野良犬の吠えているのに興味をひかれて、大川の河原に下りてみたら、とんでもないものを発見してしまったのであった……。

（あんな事件に関わっちまったおかげで、何度も何度も町方の旦那や御用聞きに話を聞かれて、散々だったな……）

和泉京之介が土屋同心から首切り事件の話を聞いていた頃——朝の商いを終えて湯屋に行った納豆売りの豆助は、裏長屋に戻る途中、そんなことを考えていた。

（それにしても、あの首のことは……いや、もう、犬が吠えていようが、鴉《からす》が鳴いていようが、余計なことに関わるのはやめよう）

そして、路地の前に差しかかった時、

「——ねえ、納豆屋さん」

半襟屋《はんえりや》と提灯屋の間の路地から、彼を呼び止める声があった。

「え？」

見ると、二十五、六の色っぽい女が、にっと微笑んで、

「何だい。いくら名前が豆助だからって、鳩が豆鉄砲くらったような顔しなくて、いいじゃないか」

「えーと、姐《ねえ》さんは……」

見覚えのない顔なので、豆助は首をひねる。

「あたしのこと、忘れちまったのかい。薄情な人だね。まあ、いいから、こっちへおいでな」

女は手招きして、路地の奥へと歩いていった。

それに誘われて、豆助は何も考えずに、路地へ踏みこむ。

次の瞬間、路地の暗がりに潜んでいた者が動いて、豆助の後頭部に何かを叩きつけた。

「う……」

凄まじい衝撃とともに、豆助の意識は暗黒の中で微塵に砕け散ったのである。

九

麴町の葉茶屋〈三崎屋〉は、間口四間《まぐちよんけん》と構えこそ中規模だが五代続いた老舗《しにせ》で、武家屋敷にも得意先が多いという。

和泉京之介と岩太が三崎屋へ入って、番頭《ばんとう》の繁蔵《しげぞう》に主人に会いたいと言うと、すぐに、奥の間に通された。

「お待たせいたしました」

弥兵衛とお蔦の夫婦が、青い顔をして、その座敷へ入ってくる。

「この度は、とんだご迷惑をおかけしまして――」

弥兵衛の口ぶりからして、お絹の首がなくなった件を知っているようであった。

「大雲寺の住職から、何か言ってきたのか」

京之介が、鋭く尋ねる。

「はい」弥兵衛は頷いて、

「夕べ遅くに、わざわざ、小坊主さんが報せてくれました。お絹の首が盗まれた、と」

「それなら、話が早い。誰かに、そんな嫌がらせをされるような覚えはあるか」

「とんでもございません。うちは堅い商いをしておりまして、他人様に恨まれるようなことは」

首と引き替えに金銭を要求する手紙も、来ていないという。

「なあ、おかみさん」今度は、岩太が訊く。

「世の中には、勝手に見初《みそ》めた若い娘をつけまわしたり、その子の持ち物や草履を盗んだりしたりする、ちょっと頭のおかしな奴がいるもんだ」

「……」

「そういう奴の病《やまい》が昂《こう》じて、ついには墓暴《あば》きまでやらかした――とも考えられるんだが、心当たりはないかね。男親よりも女親の方が、そういうことには聡《さと》いもんだが」

「さあ……お絹は本当に大人しい娘ですし、そういう男に気づいたことはありませんが」

女房のお蔦も、困惑しているようであった。京之介が、改めて〈芳の字の男〉について尋ねたが、やはり、夫婦とも思い当たることはないという。

「ところで、三崎屋。お絹を大原家に奉公に出したのは、どういう経緯《いきさつ》なのだ」

「大原様は、先代からのお得意先でして――」

昨年の初夏に、用人の沢田久内が三崎屋を訪れた時に、お絹が茶を持ってきた。

その様子を見た沢田用人が、「実は奥方様付きの女中が一人、辞めてしまい、不自由している。あの娘を奉公に出してくれぬか」と言ったのである。

お蔦が、お絹に話をしてみると、本人は奉公に出ても良いという。

「――それで翌月、お絹は大原家に奉公いたしましたので」

「奉公は、いつまでの約束だ」

「いえ、それは決めずに」

「しかし、お絹は一人娘だろう」

京之介は眉をひそめた。

「お絹に婿を貰って、この店の跡取りにするのではないか」

「それは……」

弥兵衛が言い淀んだ時、

「――母さん。あたしの簪《かんざし》が見当たらないのよ、珊瑚玉《さんごだま》の簪が」

そう言いながら、廊下に姿を見せたのは、十五、六の娘である。お蔦に、よく似た顔立ちであった。

「これ、お邦《くに》。北町の旦那がいらしてるんだ。ご挨拶しなさい」

弥兵衛が、あわてて言う。娘は敷居際に座って、

「邦でございます」

神妙に、頭を下げてみせた。

「大事な話をしているのだから、お前は引っこんでいなさい」

お蔦に言われて、お邦はそそくさと退《さ》がった。

「ご無礼をいたしました。十五になりますが、まだ、ほんの子供でして」

「実子がいたのか」

難しい顔になって、京之介は、三崎屋弥兵衛を見る。

「はあ……」

弥兵衛は目を伏せた。

「世間にはよくあることでございますが……いつまでも子が出来ないので、貰い子をしましたら、その三年後に、お邦が産まれまして」

すると、岩太が鼻の孔《あな》を膨らませて、

「お絹は総領娘だが、実の子じゃねえから奉公へ出して、次女のお邦の婿を跡取りにするってわけかね。三崎屋の旦那、そいつは少しばかり、不人情じゃねえのか」

「……」

その指摘が図星だったらしく、夫婦とも、気まずそうに黙りこんだ。

「腹を痛めて産んだ実の子を、お前たちが贔屓《ひいき》にするのはわからんでもないが
――」

京之介が冷たい口調で、

「たとえ血は繋がっていなくても、お絹は人別帳にも載っている三崎屋の娘だ。盗まれた首は俺たちが必ず取り戻してやるから、その時は、懇《ねんご》ろに弔ってやってくれ。邪魔したな――」

それだけ言って、さっと京之介たちは三崎屋から出た。

岩太が歩きながら、往来に唾を吐いて、

「何だか、胸が悪くなってきましたよ。あの夫婦は、お絹のことはどうでも良かったんですかねえ」

「お絹は、養い親に邪剣《じゃけん》にされて家の中に居場所がなかったから、屋敷奉公を承知したのかも知れんな。気の毒に」

「早くお絹の首を取り戻してくれ――とすら言わないんだから、あの夫婦は……こんな話、とても、実の母親のお路には教えられませんね」

「うむ……」

京之介は腕組みして、少し考えてから、

「お蔦は、お絹の周りに男の影はないと言ったが、あの調子じゃ、あんまり当てにはならない。とにかく、お前は下っ引を動員して、お絹の素行を調べさせてくれ。無論、三崎屋の評判も、な」

「へい」

「これから、深川の大原屋敷へ行こうかと思ったが、何だか、気が進まなくなった……どうだ、お絹を見つけた納豆売りの話を聞いてみないか」

「いいですね。たしか、浅草の田原町に住んでる奴でしたか」

主従は、江戸城の内濠の北側に沿うようにして、麴町一丁目から一番町、田安門前、九段坂、俎橋《まないたばし》、一橋門と来て、内神田から浅草へと向かった。

晴れてはいても、昨日と違って少し風があるので、寒さが身に染《し》みるようだ。

浅草橋を渡る前に、

「――」

京之介は西両国広小路の方を向いて、ちょっと迷ったが、お光の顔を見に橋屋に行くのは後にしよう――と決めた。

その様子を見ていた岩太が、

「へへへ、へ」

「何だ、岩太。急に笑いだして」

「いえ、何でもありませんよ。ただの思い出し笑いで。へへっ」

京之介とお光が仲直りして、嬉しくてしょうがない岩太なのであった。

「いつまでも、お前が箍《たが》が外れたみたいに笑ってるから、道をゆく人たちが気味悪がってるじゃないか」

「こりゃ、どうも」

たわい無いやりとりをしながら、二人は、蔵前通りを北へ向かって、森田町の自身番の前を通り過ぎ、駒形堂《こまがたどう》の先で左へ折れた。

田原町の碁盤《ごばん》長屋というのを探し当てると、片側が四軒ずつの長屋の左奥が豆助の宅《うち》だった。

「いるかい、為助さん」

岩太が声をかけたが、中から返事がない。勝手に腰高障子《こしだかしょうじ》を開いてみると、狭い土間《どま》に天秤棒《てんびんぼう》が、手前の三畳間に商品を納める荷箱が二つ、置かれていた。奥の四畳半に、本人の姿はない。

左隣の宅の女房に、岩太が訊いてみると、

「豆助さんなら、だいぶ前に湯屋へ行って、まだ戻ってきませんよ。どっかで、遅い朝飯でも食べてるんじゃありませんか」

「豆助？　ここに住んでる奴の名は、為助と聞いたが」

「ああ、親に貰った名前は、そうでしょうよ」色黒の女房は笑って、

「でも、みんなは豆助さん、豆助さんと呼んでます。顔を見たら、親分も納得しますよ」

「へへえ、そんなに豆に似た面《つら》なのか。そいつは、ちょいと楽しみだな」

軽口を叩いてから、岩太と京之介は長屋を出る。

「どうします、旦那。そこらで早めの昼飯でも喰いながら、豆助…じゃねえ、為助の帰りを待ちますか」

「それより、ここから阿部川町が近い。お路の様子を、見に行ってみようじゃないか」

「そりゃいいや」

岩太は相好《そうごう》をくずした。

「綺麗どころが、小唄を習いにきてるかも知れねえ。旗本屋敷で渋面《しぶづら》した御用人の顔を見てるより、目の保養になる」

「馬鹿だなあ。お路は指先を痛めているから、今日は稽古を休んでいると思うぞ」

「いや、それでも、若い娘の集まる家を眺めるだけでも、眼福《がんぷく》だ」

「そんな眼福があるものか」

漫才のようなやりとりを続けながら、二人は、新堀川に架かる菊屋橋を渡って、左へ折れた。

阿部川町の角の駄菓子屋で訊くと、お路——文字常の家は、すぐにわかった。

馬方町と呼ばれる通りに面した一軒家が、お路の家である。

京之介たちが黒板塀に囲まれた家に近づくと、ちょうど、中からお路が若い男と一緒に出てくるところだった。

男は二十二、三で、遊び人のような身形をしている。

「あら、旦那。親分さんも」

お路はにこやかに笑って、会釈した。

「お絹が見つかったそうですね。わざわざ、旦那方《がた》に迎えにきていただくなんて、本当に、申し訳もございません」

「何のことだ、お路」

京之介が訝ると、

「え……でも、こちらの兄さんが」

お路は、若い男の方へ振り向こうとした——が、その前に、男はお路を突き飛ばして、駆け出していた。

十

何が何だかわからないが、すぐさま、岩太がその男を追いかける。

「お路、大丈夫か」

残った京之介は、道端に転んだお路を助け起こした。

「あの男は、俺の使いだと言ったのか」

「はい。それが…あっ」

京之介の背後を見たお路が、驚愕の表情になる。

「っ！」

殺気を感じた京之介は、振り向きながら、懐の十手を抜き取った。

目の前に迫っていた相手が、大刀《だいとう》を京之介に向かって振り下ろす。月代を伸ばした中年の浪人者であった。

L字型に突き出した十手の太刀《たち》もぎで、京之介は、白刃を受け止めた。強い衝撃が、腕から肘、肩へと伝わる。

「野郎、待てっ」

そのまま、十手を捻《ひね》って、京之介は、相手の大刀を奪おうとした。

が、相手も、それはさせじと、逆方向に刀を捻る。

「俺を、北町の同心と知ってのことかっ」

京之介が一喝《いっかつ》した。

何事か——と通行人や近くの店から飛び出してきた奉公人たちが、二人を遠巻きにした。それを横目で見て、舌打ちした浪人者は、ぱっと京之介から離れた。

そして、抜身を肩に担いで走り出す。浪人者の進行方向にいた野次馬たちは、あわてて、左右に避けた。

「————」

それを見送って息を吐いた京之介は、十手を懐にしまって、

「お路。とにかく、家の中に入ろう」

「は、はい」

あの浪人者を追いかけたいのは山々だが、今、お路を一人にすることは出来ない。

若い遊び人風の男が一の矢、中年の浪人者が二の矢だとしたら、どこかに三の矢が隠れている可能性もあるからだ。

「まさか、嘘の呼び出しだったなんて……」

家の居間で震えながら、お路が話す。

「和泉の旦那の言いつけだ、盗まれたお絹の首が見つかったら来てくれ——と、あの若い衆に言われて、すぐに出かける支度をしたのですが」

「あの浪人者は、どこかに隠れていたんだ。若いのが、お前を人けのない場所に連れ出して、あの浪人が斬るという手筈だろう」

「まあ……」

お路は、恐怖に喘いだ。

「そうか、俺の名前まで知っていたか……」

京之介は考えこんだ。

「首盗人の件を知っていたのは、俺たちと大雲寺の者、三崎屋だけのはず……あとは、首を盗んだ当人だが」

半年も前に埋葬された女の首を盗む——三崎屋に対する恨みや金銭目的でないとしたら、猟奇的な嗜好の変質者か、恋に狂って正気を失った者の仕業と思っていた。

だが、あの遊び人風の若い男や、殺しに慣れたような浪人者が、この事件に絡んでいるとなると、首盗みの動機は、もっと別にあるように思える。

「でも、どうして、わたくしを殺そうとしたのでしょう」

「それだ。お前がいなくなると、下手人にどんな得があるのか……たぶん」

京之介は、その理由を一つだけ、思いついた。

「たぶん？」

「生みの親のお前さえいなくなれば──首が盗まれた件は、有耶無耶《うやむや》に出来ると思ったのだろう」

「でも、わたくしがいなくなったところで、三崎屋さん夫婦が……」

お路は急に口を噤む。京之介の顔を、じっと見て、

「そうですか……お絹は、あんまり幸せじゃなかったんですね」

さすがに苦労人だけあって、三崎屋がお絹の首を取り戻すことに熱心ではないと、察したようである。

「お絹を貰った三年後に、娘が産まれたんだそうだ。その妹に婿を取って、三崎屋の跡取りにさせるらしい」

どうせ、いずれはわかることなので、京之介は三崎屋の内情を教えてやった。

「だが、お絹の首は必ず、取り戻してやる。あんな物騒な連中が事件に絡んでいるのであれば、尚更《なおさら》だ」

それにしても、下手人一味は仕事が早い——と京之介は思う。

お絹の首が盗まれたことを、京之介たちが知ったのは、昨日の夜更けである。それなのに、翌日の朝には、連中は、お路を殺す段取りをしていたのだ。

「待てよ……」

京之介は、胸騒ぎがしてきた。

お絹の死体の発見者である納豆売りの豆助こと為助は、だいぶ前に湯屋へ行って、まだ戻っていない——と長屋の女房は言っていたではないか。

(まさか、為助も襲われたのでは……)

そこへ、ばたばたと岩太が飛びこんできた。

「旦那、お路さん、無事ですかいっ」

「騒々しいな、あの若い男はどうした」

「面目ねえ。韋駄天《いだてん》みてえに足の速い野郎で、取り逃がしました」

岩太は頭を下げて、

「だが、あいつは、ただのごろつきじゃねえ。それで、急に旦那たちのことが心配になって、急いで戻ってきたんでさ」

「その心配は、当たってたよ」

京之介は、浪人者に襲撃されたことを説明する。

「闇夜ならともかく、人目の多い往来で、いきなり、町奉行所の同心の旦那に斬りかかるとはねえ……この事件、一体、何がどうなってるんでしょう」

丸い目をさらに丸くする、岩太だ。

「とにかく、お路」と京之介。

「お前は、ここにいては危ない。どこか、頼れる身内はいないか」

「はあ……内藤新宿《ないとうしんじゅく》に、弟夫婦がおりますが」

「よし、今すぐ支度をしろ。岩太を付けて、駕籠で送らせる」

それを聞いていた岩太は、さっと家を飛び出して、駕籠屋を連れてきた。

「岩太。心得ているだろうが、駕籠は途中で替えるんだぞ」

「合点承知」岩太は頷いて、

「新宿にゃ、重吉《じゅうきち》って気の利いた御用聞きがいますから、その弟夫婦の家を見張って貰いますよ」

「わかった。俺は納豆売りの長屋を覗いてから、平田様に報告するのに奉行所へ戻ってるから」

身のまわりの物を納めた風呂敷包みをかかえたお路は、不安げな顔で駕籠に乗る。

「心配するな。事件が解決したら、また、ここで稽古が出来るようになる」

「はい。よろしく、お願いいたします」

京之介に励まされたお路は、深々と頭を下げた。

その駕籠を見送ってから、京之介は家の戸締まりをして、一人で田原町へ戻る。

「あら、旦那」

碁盤長屋の井戸端で、洗濯をしていた色黒の女房が顔を上げた。

「ご苦労様でございます。生憎《あいにく》、まだ、豆助さんは戻らなくて……何度も、済みませんねえ」

自分に責任の一端があるように、女房は頭を下げた。

「いいんだ。独り者は、そんなものだろう。いつもの湯屋は、どこだ」

「竹之湯《たけのゆ》です、西仲町の角の――」

京之介は、西仲町の竹之湯へ行くと、番台の老婆に、「碁盤長屋の豆助は来たか」と訊いた。

「来ましたよ。でも、もう半刻も前に帰りましたが」

「一人で帰ったのか」

「そうですよ」

不審げに、老婆は答える。京之介は礼を言って、湯屋を出た。

次に捜すとしたら、この湯屋と碁盤長屋の界隈にある一膳飯屋か煮売り屋、蕎麦屋、居酒屋だろうが、京之介は豆助の顔を知らない。

つまり、一軒一軒、その店の者に、「豆助は来ていないか」と訊いてまわることになるのだ。

一目で町方同心とわかる者が、そういう聞きこみやるのは、あまりにも目立ちすぎる。

（こういう時には、岩太がいてくれないと困るなあ）

湯屋の前に佇んで、京之介が考えこんでいると、背後から、ぺったら、ぺったら、ぺったらという不景気な足音が聞こえてきた。

「お、千代松《ちよまつ》じゃないか」

振り向くと、風采の上がらぬ小男が、

「どうも、旦那。今日は、お一人ですかい」

小腰を屈めて、へこへこと頭を下げながら、千代松は愛想笑いをする。

金のにおいのするところを、ちょろちょろと鼠のように嗅ぎまわるので、〈ちょろ松《まつ》〉という渾名を持つ小悪党だ。

以前に、〈廻り地蔵〉事件で京之介に捕まり、それから、何度か捜査に協力している。

「岩太は別の用事があってな――」

京之介は、扁平《へんぺい》な千代松の顔を眺めて、

「ところで、千代松。頼みがある」

「へい。旦那のためなら、火の中水の中で」

「そんなに張り切らなくてもいい。この辺の喰い物屋の聞きこみをして貰いたいんだ。碁盤長屋の納豆売りで為助――いや、豆助と呼ばれている奴を見つけてくれ」

「え、豆助の野郎ですか」

千代松は、小さな目を瞬《また》かせた。

「知ってるのか」

「三日も水に漬けた空豆みてえな、ふざけた面をした奴でしょ。知ってるも何も、ついこの間も、下谷の賭場《どば》で一緒になっ…あ、いや」

あわてて、千代松は両手で口を塞ぐ。

「わかった、わかった」

今は、博奕の詮議をしている場合ではないので、千代松の言葉を、京之介は聞かなかったことにする。

「俺は、あそこの蕎麦屋で待ってるから、豆助が見つかったら、穏《おだ》やかに連れてきてくれ。見つからなくても、一杯、飲ませるから」

「へい、承知しましたっ」

ぺったら、ぺったらと草履を鳴らしながら、千代松は駆け出していった。

京之介は、〈信州屋《しんしゅうや》〉という蕎麦屋へ入ると、土間の奥の切り落としの座敷に座り、卵とじ蕎麦を頼む。

それを食べ終わってから、幾らもしないうちに、千代松が店へ入ってきた。

「すみません、旦那。どこにもいませんや。そこの提灯屋の爺さんは、ずいぶん前に、湯上がりらしい豆助が長屋の方へ帰るのを見たそうですが」

「そうか——まあ、座れ」

京之介は、千代松のために酒と肴を注文してやる。

「すいませんねえ、どうも、お役に立てなくて」

酌をして貰いながら、千代松は、何度も頭を下げた。

きゅっと猪口《ちょこ》を干して、酒が胃の腑《ふ》に染みいる感触に、うっとりした顔になる。

「ところで、旦那。豆助に何の御用があったんですか。野郎、落ちてた財布を拾って、猫ばばでもしたとか」

「それは、どっかの誰かさんのことじゃなかったか」

京之介は苦笑した。

「ちょっと、去年、女のホトケを見つけた件でな」

「ああ、あれですか。瓦版にも書かれた首切り美女。何か、おかしな事件でしたねえ」

千代松は、蜆《しじみ》の焼き物に箸を伸ばしながら、

「なんでも、あのホトケ、首がなかったそうじゃありませんか」

「なんだとっ」

京之介は、弾かれたように身を乗り出す。

「へ？」

驚いた千代松は、蜆を取り落としてしまった。

「首がないとは、どういう意味なんだっ」

嚙みつかんばかりのような勢いで、京之介は訊いた。

十一

大川に面した河原は、雑草が冬枯れて、荒涼とした風景であった。

「爺さん。ホトケがあったのは、どの辺だ」

和泉京之介は、中之郷の自身番の番太郎に訊いた。

千代松と別れた京之介は、お絹の死体が発見された現場を確認しようと思ったのである。

「ええと……さてねえ。半年も前ですから」

番太郎の老爺《ろうや》は、少し耄碌《もうろく》しているらしく、首を傾げる。自信なげに、源森川の河口の近くを指さして、

「あそこらだったと思いますが」

千代松が納豆売りの為助に聞いたところによると――女の頭部は顎のすぐ下で切断されていて、胴体の方は、首の付け根で切断されていたという。

つまり、頭部と胴部を繋ぐ頸《くび》の部分が、無かったのだ。

頭部を意味する〈首〉ではなく、頸部《けいぶ》の方の〈首〉がなかったのである。

南町の長谷川同心と御用聞きの佐兵衛が死体を調べる時に、為助は、そのことを言ってみたが、

「たぶん、そこらの野良犬《のらいぬ》が咥《くわ》えていったんだろうよ。素人《しろうと》の分際で、余計な口を出すんじゃねえっ」

佐兵衛に、怒鳴りつけられたそうだ……。

「ここが、無かったそうだが」

京之介は、自分の頸部を掌《てのひら》で叩いてみせた。

「わたくしは、気味が悪くて、ちゃんとホトケを見なかったんで。よくわかりません」

七十近いと思われる老爺は、申し訳なさそうに頭を下げる。

「そうか。寒い中、ご苦労だったな」

老爺が自身番に帰ってゆくと、京之介は、改めて現場一帯を見まわしてみた。

源森橋の向こうにあるのは、敷地二万三千坪という広大な水戸家三十五万石の下屋敷で、通りに面した塀の長さは三町を超えているだろう。

土堤の上の通りには、福井藩松平家三十二万石の下屋敷、新田藩細川家三万五千石の下屋敷が並んでいる。

福井藩下屋敷の角を曲がった先には、中之郷瓦町があるが、戌の中刻だと、まず、通りに人はいないだろう。

人目を忍ぶ逢いびきには、ぴったりの場所だが、いくら何でも寂しすぎるし、野犬も多い。

(呼び出しの付け文には、いつもの場所で待つ――と書いてあったというが……麹町の三崎屋の娘が逢いびきするのには、ここは遠すぎないか)

女の足で、麹町から源森橋まで来て、また麹町へ戻るのは、大変だ。十八娘が駕籠で、親に内緒の逢いびきに来るとも思えない。

しかし、深川の大原家の屋敷から、お絹が駕籠でここまで来て、その無惨な死体がこの場で発見されたのは、事実である。

(そして……屋根屋の若い衆が見たどくろが、首がないと言っていたというが、まさか、お絹の亡霊だったのでは……いやっ)

京之介は、両手で自分の頬を、ぴしゃぴしゃと何度も叩いた。

(俺が、そういうことを考えるから、お光を巻きこんでしまうのだ)

川風が強くなって、足元から寒さか這い上がってくる。

京之介は、土堤の上へ戻った。そして、大川沿いに通りを下ってゆく。

お絹を乗せた駕籠屋の話を、聞くためであった。

途中で東両国広小路を通りかかると、自然と両国橋の向こうに目が向いてしまう。

橋を渡って橋屋に行き、熱い茶を飲んで行こうか――とも考えたが、

（馬鹿な。お役目の途中に、わざわざ寄り道など……）

ようやく、京之介は、自分の心を抑えつけた。

（俺は、お光に出逢ってから、人間が変わってしまったような気がする）

そのくせ、自分がお光と逢う前にどんな人間だったかというと、まるで覚えていない――のであった。

（昔の兵法者が山籠もりをしたり、女人禁制の寺があるわけだな。男にとって、女は心を惑わすものらしいから……）

岩太が一緒でなくて、本当に良かった――と京之介は思う。

こんなそわそわしたところを見られたら、また、からかわれるだろう……。

土屋同心から聞いた深川の駕籠屋は、小名木河岸《おなぎがし》に面した仲町の〈駕籠万《かごまん》〉だった。

折良く、お絹を乗せた駕籠屋が戻ってきたところであった。

「へい。大原様のお屋敷から下男さんが来て、中之郷まで頼む――と言われたのは、間違いありません」

後棒の金太が言う。

「あそこの浅井道庵《あさいどうあん》先生のとこからは、よくお声がかかるんで、屋敷を間違えるはずはありませんや」

「道庵とは？」

「大原様のお屋敷の中で開業してるお医者様ですよ。腕が良くて人柄もいいと評判なんで。あっしらも、患者さんを道庵先生のところへ運んだり、家まで患者さんを送っていったりします」

下級の旗本や御家人が、自分の屋敷の中の地所に貸家を建てて、家賃収入を得るのは、珍しいことではない。

「なるほど――で、半年前の件だが」

「それで、すぐにお屋敷へ行って、女中さんを乗せて、大川沿いに一走りですよ」

「どの辺にしますかと聞いたら、源森橋を渡って、水戸様の屋敷の向こうの角で――と言われたんで、そこで下ろしました」

そう言ったのは、先棒の徳造《とくぞう》だ。

「しかし、水戸様の北の角といったら、その先は三囲稲荷《みめぐりいなり》まで、畑が広がってるだけじゃないか」

「そうですよ」徳造が頷く。

「家もなけりゃ、夜更けだから歩いている者もいません。角に、ぽつんと常夜燈があるだけで……でも、絹枝って女中さんは、そこに立って人を待ってるようでした」

「それにしても」と金太が言った。

「御高祖頭巾に藤色の着物を着て、なんか腰つきが艶《なま》めかしい女中さんなんで、てっきり、殿様のお手《て》でもついてるのかと思ったら、生娘だったそうじゃありませんか。女は見た目じゃ、わかりませんね」

「そういうものかな」

岩太と違って、そっちの方面には、まるで自信のない京之介なのである。

駕籠万を出た京之介は、小名木川に架かる万年橋《まんねんばし》を渡って、二町《にちょう》ほど先の新《しん》大橋《おおはし》の前に来た。

もっと北へ歩けば両国橋だが、北町奉行所へ戻るには、この新大橋の方が近道である。

奉行所で平田同心に報告し、岩太が内藤新宿から戻ってきたら、お絹の死骸の頸部が無かったことを話して、今後の相談をする必要があるのだ。

「………」

ほんの少し迷ってから、和泉京之介は溜息をついて、長さ百十六間の新大橋を渡り始めた。

十二

（京之介様は、今日は御出《おい》でにならなかった……お役目がお忙しいのね、きっと）

その夜――両国橋を東へ渡りながら、お光は胸の中で呟いていた。

橋屋が灯《ひ》を落としたので、本所の春秋長屋《しゅんじゅうながや》へ帰る途中であった。

和泉京之介の顔が見られないのは寂しかったが、昨日、無事に仲直りをしたので、年末年始に感じていたような底なしの不安はない。

亥の上刻――午後十時近いので、橋の上に人影はなかった。大川の川面を渡る夜風が、冷たい。

夜空には薄く雲が出て、五日月を朧《おぼろ》にしている。

（でも、明日も御出にならなかったら、どうしよう……いっそ、お屋敷へ会いに行こうかしら）

しかし、これといって、会いに行く理由も考えつかないのである。

（明日は、見廻りの途中に寄ってくださる――それに違いないわ）

そう思って、自分を元気づける十七娘であった。

と、その時、

「……っ？」

背中に、ぞくりとするものを感じて、お光はつんのめるように立ち止まった。

振り向くと、両国橋の上流――大川の西岸に作られた公儀米蔵《こうぎこめぐら》の方から、何か光るものが飛んでくる。

「あっ」

それは、長い黒髪を曳いたどくろであった。

緑色の燐光を発しているどくろは、ふらりふらりと舞うように空を彷徨《さまよ》いながら、

「首……首がない……」

恨めしそうに言いながら、対岸の北の方へ飛び去った。

「おえんちゃん、あれは何かしら」

少し頭を傾けるようにして、お光は、髷に挿した櫛の中の妖に尋ねる。

――怨念だ、あれはひとの怨念の塊だ、お光は関わらぬ方が良い。

煙羅は、彼女の頭の中に、そう語りかけるのであった。

十三

翌朝――和泉京之介が洗顔を終えて、寝間着から同心の衣服に着替えていると、

「旦那様、旦那様」

庭先から、下男の松助の声がした。

「どうしたんだ、松助」

縁側へ出てみると、松助が小声で、

「お光さんが来ています、裏木戸のところに」

「え」

次の瞬間には、京之介は、靴脱ぎ石の上の庭下駄を突っかけていた。

飛ぶようにして裏木戸へ行くと、そこから外へ出てみる。

「お早うございます」

そこに立っていたお光が、腰を折って頭を下げた。

「お早う……どうしたんだ、こんなに早くに。何かあったのか」

「はい――」

頷いたお光は、早朝の寒風にさらされてきたためか、雪国の子供のように頬が真っ赤になっている。

（何という愛らしさだろう……）

京之介は、胸が甘く疼《うず》くような感覚に襲われた。

「実は夕べ、長屋に帰る途中に……妖を見てしまいました」

お光は、どくろの説明をして、

「ごめんなさい」

また、頭を下げる。

「いや、謝らなくてもよい。お前が悪いわけじゃないから」

京之介は微笑して、

「早朝から、わざわざ、俺にそれを言いにきてくれたのか。すまんな、寒かっただろう」

お光の両手を取った。

「何だ、氷のように冷たいじゃないか」

京之介は自分の両手で、十七娘の凍えた手を包んでやった。

「はい。でも……今は寒くありません」

羞《はず》かしそうにお光が言って、目を伏せた。その唇は、自然と綻《ほころ》んでいる。

十七娘の嬉しそうな様子を見て、

（俺は今、何か言わなければ……）

京之介は半歩、前へ出た。お光は、眩《まぶ》しそうな表情で、彼を見上げる。

が、その時、

「旦那、大変ですよ、旦那っ、どこですかっ」

庭の方から、破鐘《われがね》を叩くような岩太の大声が聞こえてきた。

岩太は、表門から入ってきて、庭伝いに直《じか》に京之介の部屋の前へ行ったのだろう。

そして、裏木戸から、岩太が飛び出してきた。

「っ！」

京之介とお光は、電光石火の早業《はやわざ》で、自分の手を引っこめた。

「何だ、ここだったんですか。あれ、お光さん…」

不思議そうに、岩太は二人を交互に見る。

「どうしたんだ、岩太。何が大変なんだ」

朝っぱらから、ここで何をしてるんですか——などと余計な質問をされないうちに、京之介は、押しかぶせるように訊いた。

「あ、そうだった」

岩太は、掌で自分の額を叩いて、

「豆助…納豆売りの為助が、土左衛門になって見つかりました。黒船河岸《くろふねがし》の桟橋《さんばし》に、引っかかってたんです」

「為助が⁉」

愕然とした京之介は、お光との甘い気分が瞬時に吹き飛んでしまう。すぐに、町方同心として頭を働かせて、幾つかの判断を下した。

「ちょっと待て」

京之介は、松助を呼んだ。

「悪いが、お光を橘屋まで送ってくれ」

「わかりました」

「それから、お光」

「はい」

お光も、緊張した顔になっている。

「お前が見たというどくろが、これに、どう関係するのかわからんが……」

京之介は真剣な表情で、

「半年前の首切り事件に関わりのある者が、一人は殺されそうになり、一人は本当に殺されたらしい。お前は、今日は絶対に一人になるな。店の仕舞う頃には、松助を迎えに行かせるから、決して一人で長屋に帰ってはいかん。わかったな」

「はい」こくりと頷く、お光なのだ。

「あたし、京之介様のお言いつけ通りにいたします」

お光が松助に伴われて去るのを見届けてから、京之介は、自分の部屋へ戻る。

支度を続けながら、敷居際に座っている岩太に、

「内藤新宿の重吉には、人数を増やして、お路のいる弟の家を四六時中見張るように伝えないと」

「そうですね。角の使い屋で、頼んでいきましょう」

「俺の出仕《しゅっし》が遅れる――と、奉行所へも言いに行って貰うか」

「旦那は、為助は首盗人の一味に殺されたと思うんですね」

「ホトケを見る前に断定するのはよくないが…たぶん、間違いないだろう」

昨日の朝、湯屋を出た為助は、長屋へ戻る途中の姿を目撃されている。それなのに、長屋へ戻って来なかったのは、何者かに殺されたのに違いない。

そして、為助の死体は、夜になって大川へ放りこまれたが、下手人一味の思惑とは違って、江戸湾の沖へは流されず、上げ潮で大川へ戻ってきてしまったのだろう。

組屋敷を出た京之介と岩太は、黒船町へ向かった。

途中で、京之介は、お光の目撃談を岩太に話して聞かせる。

「ははあ……屋根屋の若い衆が見たというのは、本当だったんですか。その黒髪のどくろは、お絹の幽霊でしょうか」

「最初に目撃された森田町は、お路が住んでいる安倍川町に近い……そして、お光の話は、どくろは御米蔵から対岸の北へ飛んでいったという。源森橋の方角だ」

「どっちも、お絹に関係ありますね」

「だが、お路を騙して連れ出そうとした奴も、斬りかかってきた浪人者も、間違いなく生きた人間だ。為助を殺した奴も、そうだろう」

毅然《きぜん》として、京之介が言った。

「どくろの詮議は、後まわしだ。俺たち町方が追うべき相手は、まず、生きた首盗人一味だよ」

「そうです、そうですね」

京之介の明瞭な分析と判断に、岩太は頼もしげに頷いた。

浅草の公儀米蔵の北――黒船河岸の現場に行ってみると、岩太に言いつけられて、番太郎と下っ引の藤次《とうじ》が、野次馬が近づかないように桟橋を見張っていた。

「ご苦労だな」

そう声をかけてから、京之介は、桟橋の手前に引き上げられた死骸の前に屈んで、粗筵《あらむしろ》を取る。

片手拝みしてから、京之介たちは検屍を始めた。

「水は飲んでいないようだから、溺れ死んだわけではない……どこにも致命傷らしい傷口はないが、頭の後ろの骨が、小砂利《こじゃり》のように砕けているな」

死体の後頭部に触れて、京之介は言った。

「重くて柔らかい物で頭を殴りつけたんでしょうか。綿を巻いた玄翁《げんのう》とか釘抜きとか」

岩太が、鈍器で殴る真似をする。

「そんなところだろう。堅い物で頭を殴って血が飛ぶと、そこで殺したのがわかってしまうからな」

「生きたまま足を踏み外して大川に落ちて、護岸の石垣かどっかに骨が砕けるほど強く頭をぶつけたのなら、肌が裂けてなきゃおかしいですからね」

「そういうことだ」

京之介は立ち上がると、碁盤長屋の家主《いえぬし》を呼んで為助の死骸を引き取るように
——と、番太郎に言いつけた。

そして、番太郎と藤次に、「これで一杯、やってくれ」と紙に包んだものを渡す。二人は恵比寿顔《えびすがお》になって、何度も頭を下げた。

「岩太」京之介は腕組みして、

「首盗人の一味は、どうして、事件に関わりある者を、次々と襲うんだろうな」

「それですよ」と岩太。

「半年も前の事件で、しかも、磔になった奴の仕業だったということで、探索は落着しているんだ。今になって、わざわざ墓荒らしはするわ、お路を襲うわ、為助を殺すわ——全く、わけがわかりません」

「……」

「一目で町方同心とわかる旦那さえ、昼日中に往来で斬ろうとするくらいですからね。どんだけ逆上《ぎゃくじょう》してるのか、一味にとって、何か、よほど都合の悪いことがあるんでしょう」

「そうだな――それに、棺桶の蓋が壊れていたのが、おかしいんだ。あの蓋は、すぐに開いたから、首を盗むのに、わざわざ壊す必要はなかったはずだが……よし」

京之介は、腕組みを解いた。

「亀六の奴を、もう少し締めてみよう。あいつは、まだ、何か隠してるような気がしてきた」

「二、三発、お見舞いしますか」

「荒っぽいことを言うな」

苦笑して、京之介は蔵前通りを歩き始める。

為助の死を知ったら、あの人の良さそうな隣の女房は、ずいぶんと驚くだろうな――そんなことを考えながら、京之介は、北町奉行所へ向かった。

十四

「おい、亀六」

北町奉行所の仮牢から、後ろ手に縛られて庭に引き出された亀六は、地面に座らされて震えていた。

その震えは、地面の冷たさのせいだけではないようである。

「旦那のお訊きになることに正直に答えないと、俺様の拳骨が飛ぶぜ」「わかりました。何でも正直に答えますから、親分の岩みたいに堅い拳骨だけは、勘弁してください」

「おめえが包み隠さず、洗いざらい申し上げれば、俺は殴ったりしねえよ」「わかりました。今まで黙っていたことを、申し上げます。ですが——」

亀六は必死の表情で、和泉京之介を見上げて、

「どんな馬鹿げたことを言っても、怒らないと……殴らないと約束していただけますか」

「わかった。約束しよう」

京之介は頷いた。

「では、申し上げますが……一昨日《おととい》の朝、墓地へ行ったら、お絹さんの墓の辺りに土塊《つちくれ》が散らばってました」

「……」

「もしも、墓荒らしの仕業なら、俺の責任になりますから、大変です。急いで駆け寄ると、卒塔婆が倒れて、土饅頭に丸い穴が開いてました。ちょうど、髑髏より一回り大きいくらいの穴なんです。そして、木の欠片《かけら》が周りに飛び散っていました。まるで……まるで、棺桶の中から何かが勢いよく飛び出したみたいに」

「……」

京之介と岩太は、顔を見合わせた。

「俺は、龕灯《がんどう》で照らして、穴の中を覗いてみました。そしたら、首がなくなった仏様が見えたんです」

「で、お前は、それをどう見たのだ」

「へい……仏様の首が…髑髏が、座棺の蓋を突き破って、土の外へ飛び出したのだ――と思いました。俺は死ぬほど怖くなって、無我夢中で、その穴を埋め戻したんです。木の欠片も始末しました。それで、俺さえ黙っていれば、和尚様にも誰にもわかるはずがない、と思って……」

話し終えて項垂《うなだ》れる亀六を、京之介と岩太は見下ろした。

京之介としては、認めたくなかったことだが――亀六が真実を語っているのであれば、お光が昨夜、両国橋で目撃したどくろは、やはり、お絹の首である可能性が濃厚だ。

その頭部が、棺桶を破って墓から飛び出すほどの妖と化したのなら、江戸の空を舞い飛んでも不思議はない。

しかし、首盗人は存在せず、お絹の首が自分で墓から抜け出て彷徨っているのであれば――お路の命を狙い、為助を殺した奴らは、何者であるのか。

逆に、下手人の正体についての謎は、さらに深まったのだ。

「――わかった」と京之介。

「お前の話は、そのまま聞いておこう。ところで――お絹の墓参りだが、三崎屋の夫婦は、毎月の命日には来ていたのか」

「とんでもない。卒塔婆を立てて以来、ご夫婦どころか、奉公人さえ、一度も来ていません。あんまり気の毒なんで、月の命日には和尚様が花を手向けていたくらいで」

「そいつは、ひでえな」

一本気の岩太が、憤慨する。

「ああ、そういえば──」亀六は顔を上げて、

「なんか、若い男が一度だけ、来たことがありましたね」

「どんな奴だっ」

京之介は勢いこんだ。お絹に付け文を送った〈芳〉の字の男か──と思ったのである。

「埋葬の翌日でしたか……年は二十四、五くらい、身形はお医者の弟子みたいな格好でしたよ」

「医者の弟子……」

「でも、墓参りに来た風じゃなくて、手桶も花も持たずに、お絹さんの卒塔婆を覗きこむようにして、俺が見てるのに気づくと、逃げるように帰ってしまいました」

これだけでは、それが芳の字の男かどうか、判断は出来ない。

医者というと、大原家の敷地で開業しているという浅井道庵が思い浮かぶが、その若い男が道庵の弟子だという証拠もないのだ。

「亀六。それで、黙ってたことは全部か」

「はい。もう全て、お話ししました」

亀六は、神妙に頭を下げる。

「よし。岩太、仮牢へ戻す前に、亀六に温かい蕎麦でも喰わせてやれ」

「旦那っ」

思わぬ温情に、亀六は目を潤ませた。

「だが、お前は、もうしばらく仮牢に入っていた方が良い。外は物騒だからな。この事件に関わりのある者が一人、死んでいるし」

そう言ってから、京之介は岩太に、

「ちょっと、土屋様に話を聞いてくる。その後で平田様のところへも行くから、亀六を牢へ戻したら、お前は供待所で待っていてくれ」

「わかりました」

岩太が頷くと、京之介は、物書役同心の土屋嘉兵衛の部屋を訪ねた。

「おう、今度は何だ」

いつもの柔らかい話し方で、文机《ふづくえ》の前の土屋同心は言った。

「土屋様。死人の首が空を飛ぶという話を、お聞きになったことがありますか」

「あるよ」

　土屋同心は、あっさりと言う。

「和泉だって、聞いた事があるだろう。将門《まさかど》の首のことを」

　十世紀後半――朱雀《すざく》天皇の御代《みよ》に、東国の豪族である平将門《たいらのまさかど》が反乱を起こし、〈新皇《しんのう》〉を名乗った。

　そして、天慶《てんぎょう》三年、将門は藤原秀郷《ふじわらのひでさと》らに討伐された。その首級は平安京まで運ばれて、朝敵として都大路に晒されたのである。

　しかし、晒されて三日目に、将門の首は宙に舞うと、白光を放ちながら自分の軀を捜しに東へ飛び去った。

　その首が力尽きて落ちた――という場所が幾つかあるが、最も有名なのが江戸の〈将門塚〉であった。

「将門の首の話は、わたくしも知っておりますが、あれは何百年も前の伝説で……」

「だが、今でも、酒井《さかい》様の屋敷の庭には、首塚があるぞ」

　将門の首が落ちたのは、徳川家康《とくがわいえやす》が江戸入りする遥か以前の武蔵国豊島郡芝《むさしのくにとしまごおりしば》崎村《さきむら》だが、村人たちは、その首を埋葬して塚を作った。

　しかし、将門の首は度々、村人に祟《たた》ったので、廻国中の真教上人《しんぎょうしょうにん》が〈蓮阿弥《れんあみ》陀仏《だぶつ》〉の法号を贈って懇ろに供養をしたところ、祟りが収まったという。

その首塚は、移転させようとすると祟るといわれ、今も、姫路藩《ひめじはん》十五万石の藩主・酒井雅楽頭《うたのかみ》の上屋敷の庭にあった……。

「まあ、将門の首塚の話は別として――」

土屋同心は話を続ける。

「唐土《もろこし》には、昔、落頭民《らくとうみん》という部族がいたという。文字通り、頭が軀から離れて飛ぶのだそうだ」

「ははあ」

「朱桓《しゅかん》という将軍が下婢《かひ》を雇ったら、夜中に、寝ている女の首が飛んで、窓から出てゆくのを見た。耳を翼のようにして飛ぶので、これを〈飛頭蛮《ひとうばん》〉という。それは生まれつきのことで害はなかったが、朱将軍は気味悪くなって、下婢に暇を出したそうだ」

「……」

「ある旅の僧が、甲斐国《かいのくに》の山奥で、木樵《きこり》の家に泊めて貰った――」

すると、その家の者五人の首が、夜中に外を飛んでいる。

それに気づいた僧に、首の群れが襲いかかってきたが、杖で払うと逃げてしまった。

ただ一つ、木樵の首だけは、僧の衣に噛みついて離れない。

仕方が無いので、その僧は、木樵の首と一緒に廻国したという……。

「また、離魂病《りこんびょう》というのがある。寝ている間に、魂が軀から抜け出して彷徨うが、夜明け前には戻ってくるのだな。もしも、魂が首の形でふらふらしていれば、まさに首が飛んでいるように見えるだろう」

そして、土屋同心は、にっと笑った。

「何日か前に、浅草の天文橋にどくろの化物が出て、空を飛んでいたそうだな」

「これはどうも……土屋様は地獄耳で」

「大したことはない」

土屋嘉兵衛は、真面目くさった顔で言う。

「北町の和泉京之介という定町廻りが、近ごろ、妙に人柄が練《ね》れてきたので、隠し女でもいるのではないか——という噂が、耳に入る程度だ」

辟易《へきえき》した京之介は、急いで、土屋同心の部屋から退出した。

そして、筆頭同士の平田昭之進に、納豆売りの為助が死体で見つかったことを報告したが、亀六の言ったことは伏せておく。

「どうも、下手人一味の魂胆が読めんなあ。今さら、納豆売りを殺して何の得があるのか……」

平田同心も首をひねる。

「ところで、大原兵庫のことだが——調べてみたが、評判は悪くない。年齢は三十八で、先代までは小普請組《こぶしんぐみ》だったが、二年前に当主が新番組頭に就《つ》いた。家族は十歳下の奥方と四歳になる息子が一人で、側女《そばめ》はいないらしい。借財があるという話もないな」

数千石の大身旗本でも、格式を維持するために、代々の借金が積み重なって千両を越えている者もいる。

それなのに、六百石の中堅旗本で借財がないというのは、かなりの堅実家といえよう。

「ですが、医者に家を貸しているそうですが」

「何だ、浅井道庵のことを知っていたか。御家人ならともかく、六百石の旗本が家を貸すのは珍しいが、若年寄様に正式に届けを出している」

元々は先代の隠居所として建てられた建物で、部屋数は六つあり、後架《こうか》も湯殿《ゆどの》も内井戸も付いているという。

五年前に先代が亡くなった後に、「その隠居所を貸していただけないか」と申し入れてきたのが、浅井道庵であった。

町医師ながら、道庵は名医として知られていて、人当たりが良いせいか、武家の妻女や大名屋敷の奥女中の患者も多かった。

「町中で開業していると、武家の者が来た時に、町人の患者と待合所や出入りが一緒になってしまうのが甚《はなは》だ不都合である、なので、武家屋敷の敷地に移りたい――という理由だったので、若年寄様もこれを許したのだな」実際、大原家の隠居所に移ってからは、改築して、町人と武家は出入り口も待合所も別にしている。

西向きの大原家の表門と別に、北側に隠居所のための冠木門《かぶきもん》があり、道庵の患者はそこから出入りしているという

「それで、さらに道庵の評判が高くなって、大店の女房や娘の患者も増えたそうだ」

そう言った平田同心は、京之介の顔を覗きこむ。

「浅井道庵に、何か不審の点でもあるのか」

「いえ……ですが、全てを疑ってかかるのが町方の心得か、と」

「俺は、和泉に町方の心得を教えられたか。これは畏れ入った、ははは」

平田同心は、面白そうに笑った。

「まあ、大原屋敷を覗いてくるがいい」

「はっ」

京之介は平田同心の部屋から退がって、供待所へ行くと、待っていた岩太と一緒に町奉行所を出た。

「――まだ不確かな話なんで、お絹の墓を医者の弟子らしい奴が見にきていたことは、平田様に申し上げなかったんだが……何もかも見通されているようで、冷や冷やしたよ」

「浅井道庵の弟子が、芳の字のつく名前なら、どんぴしゃですがねえ」

「うむ……同じ敷地の中にいるのだから、道庵の弟子と女中が色恋沙汰になっても、何の不思議もない」

京之介は、呉服橋の方へ歩きながら、

「ただ……その逢いびき場所が源森橋というのは、どうなんだろうな」

「近場の霊巌寺《れいがんじ》の境内《けいだい》で逢いびきした方が、手っ取り早いような気もしますね」

「それと――道庵の弟子が芳の字で、お絹殺しの下手人だとしたら、だ。処刑された清次郎がお絹を殺したと打ち明けた件は、一体、どうなるのか」

「じゃあ、牢内で清次郎の話を聞いたという庄太が、嘘をついていたと？」

「ううむ――」

京之介は足を止めた。少し考えてから、

「岩太。深川へ行く前に、三島町へ行ってみようか」

「ははあ。庄太って野郎が住んでるのが、三島町でしたね」

「もしも、庄太の話が嘘なら……今までの前提は全部、引っくりかえってしまう」

「そんなら、庄太が嘘をついた理由も重要ですね」

「そうだ。ただの人騒がせなのか、それとも……」

踵を返して、京之介は外濠に沿って南へ下る。増上寺《ぞうじょうじ》の東にある三島町へ行くには、南端の数寄屋橋を渡る方が近道だからだ。

十五

その三島町の裏長屋は、露地の両側に六軒ずつで合計十二軒だが、建物はかなり古く、庇《ひさし》は破れて柱も歪《ゆが》んでいる。柿葺《こけらぶ》きの屋根には、雑草すら生えていた。

下水溝《どぶ》の悪臭が漂う木戸口に立つと、露地にしゃがみこんでいた老爺が、じろりとこっちを見た。

擦り切れて襤褸《ぼろ》同然の着物を、何枚も重ね着している。まるで、襤褸の塊から頭と手足を出しているように見えた。

その身なりには不相応な、銀の煙管《きせる》をふかしている。

「爺さん。庄太の宅は、どこだい」

岩太が話しかけると、老爺は無言のまま、銀煙管の先で左側の手前の宅を指す。

むっとした顔で、岩太が、その宅の腰高障子に手をかけると、

「留守だよ」

老爺が、ぼそりと言う。

「どこへ行ったのだ。すぐに戻るのか」

和泉京之介が訊くと、老爺は知らぬ顔で煙管を咥えた。

「この爺ィ、旦那が訊かれたことに答えねえかっ」

いきり立つ岩太を、京之介は片手で制して、

「爺さん、良い銀煙管だな」

「………」

そう言われて、老爺は、動揺したようであった。落ち着きなく、目玉を左右に動かす。

「岩太。そう言えば、質屋にまわす盗品目録の中に、たしか銀の煙管があったはずだが――あれは、どんな造りだったかな」

「そうでしたね。あれはたしか……」

岩太が惚《とぼ》けた顔で、京之介の言葉に調子を合わせると、

「戻るかどうか、わからねえよ」

後ろ暗いところがあるのか、あわてて、老爺が言う。

お前の持ち物は盗品に似ているな――そう難癖をつけて、無実の者を自身番に連行するのは、悪徳同心の常套手段であった。

まして、それが本当に曰《いわ》く付きの品であれば、言われた方が狼狽《うろた》えるのは、当然である。

「庄太の奴は一昨日、出かけたっきり、帰っちゃ来ねえんだ」

「どこへ出かけたか、爺さん、知らねえのか」

今度は、岩太が訊く。

「ふいっといなくなったんで……三日も留守にするのは、珍しいがな。一昨日も

昨日も、今日も、同じ男が訪ねてきたが、留守だとわかると、すぐに帰ったよ」

「どんな奴だい」

「ええと、若い男で——」

老爺が答えた人相風体は、文字常のお路を誘き出そうとした男に、そっくりであった。

十六

「旦那も、ああいう時の駆け引きが上手くなりましたね」

裏長屋を出た岩太が、にやにやしながら言う。

「どうかな。人が悪くなっただけかも知れんぞ」

三島町の通りを宇田川橋の方へ歩きながら、和泉京之介は苦笑した。

「だが、これで、納豆売りの為助は殺されたと思って間違いないだろう……為助、お路、庄太と、首切り事件に関わりのある者の命を狙っている一味がいるのだ」

「仮に、浅井道庵の弟子が芳の字の男で、色恋の縺《もつ》れからお絹を殺して首を切り落としたとして、ですよ。若い男や浪人者は、どう関わってくるんでしょう」

「そこだよ。俺は根っこのところで、何か大事なことを見落としているような気がするんだが……」

京之介が、そう言った時、

「あ、親分」

横町から出てきたのは、鋳掛け屋《いかけや》で下っ引の玉吉《たまきち》だった。

「こりゃ、旦那もご一緒で――お疲れ様です」

玉吉は、京之介と岩太の両方に会釈する。

「三崎屋の件を、ご報告したいと思ってたんですが」

「そういえば、俺たちは昼飯がまだだったな。玉吉、お前はどうだ」

「あっしも、まだですが」

「じゃあ、ずいぶん遅くなったが、大原屋敷へ行く前に腹ごしらえをしよう」

京之介は二人を連れて、手近な鰻屋へ入った。

岩太と二人だけなら一膳飯屋でも良かったのだが、玉吉への慰労の意味もあって、鰻屋にしたのである。

二階の座敷で、三人は、鰻の蒲焼きで食事を済ませた。そして、京之介が食後の茶を飲みながら、

「それで、玉吉。何かわかったのか」

「大したことじゃありませんが——三崎屋の二番娘のお邦は、婿が決まってますよ」

昨年の初夏、お絹が大原屋敷に奉公に出てからすぐに、遠縁の男と結納を交わしたという。相手は、お邦より十三も年上だそうだ。

しかし、お絹が殺されたため、お邦の祝言《しゅうげん》は、その一周忌が開けてからになったのである。

「やっぱり、奉公に託《かこつ》けて貰い子のお絹を追い出して、その間に実の子のお邦に婿を取らせて、跡取りを決めてしまう段取りだったんですね。ひでえ夫婦だ」

「お絹の首が足りなかった件も、ホトケを引き取って納棺する時に、いくら養い親とはいえ、三崎屋の夫婦が気がつかないわけがない。だが、俺たちが行った時に話さなかったところをみると、あの夫婦にとっては、お絹のことは本当にどうでも良かったのだろうな。厭《いや》な話だ」

京之介も、沈んだ表情になった。

両親の冷たい態度から、お絹は、自分が養女だと察していたかも知れないが、生みの親のことは知る術《すべ》もなかっただろう——それを思うと、お絹が哀れであった。

「それと」玉吉が話を続ける。

「刑死した清次郎のことも聞きこんだんですが――どんな面か、ご存じですか」

「どんな面って、たぶん、目が二つに鼻の孔が二つ……」

岩太が、茶々を入れた。

「親分、混ぜっ返しちゃいけねぇ」

玉吉は頭を掻いて、

「清次郎は奥目の陰気な顔立ちで、無精髭《ぶしょう》を生やしてたそうで。それに、女でも平気で手を上げる乱暴者で、堅気の娘に甘い言葉をかけられるほど器用な奴じゃない。とてもじゃねえが、大店のお嬢さんが惚れるような相手じゃありませんよ」

「すると――自分を大物に見せたいという悪党の見栄《みえ》で、清次郎はお絹を殺したと嘘をついたのか……」

鰻屋の天井を見つめて、京之介は呟く。

「それとも、清次郎が告白したという庄太の証言こそが、嘘だったのか」

「旦那。こりゃあ、ますます――」

張り切って、岩太が身を乗り出した。京之介も頷いて、

「大原屋敷に乗りこむ必要があるな」

十七

平田同心が言った通り――大原兵庫の屋敷の北側には、元の隠居所のための冠木門があり、門扉《もんぴ》は開いていた。

深川を東西に流れる小名木川には、高橋《たかばし》が架かっている。この高橋の袂の近くから南に伸びる通りを、高橋通りと呼ぶ。

大原屋敷は高橋通りに面していて、北隣の旗本屋敷との間の路地の奥は、小名木川の水を引きこんだ堀があるだけだ。

したがって、この路地を往来する者は、ほとんどいない。

そして、高橋通りの向かい側は、騒がしい町屋ではなく、寺院が並んでいる。

武家の者が、浅井道庵の屋敷へ通うには、まことに好都合の位置と言えよう。

和泉京之介たちは、冠木門の前を通り過ぎて、路地の行き止まりの堀まで行ってみた。

堀の幅は三十メートルほどもあり、向かい側は海辺大工町《うみべだいくちょう》である。

護岸の石垣の前に立って、右手を見ると、大原屋敷の水門があった。

堀の水を屋敷の中まで入れて、船着き場を作り、舟に乗ったまま屋敷に出入りできるようになっているのだ。

（舟か……）

京之介は、何か心に引っかかるものがあったが、それは明確な形にはならなかった。

路地を引き返して、高橋通りまで戻ってから、

「玉吉。あの表門の斜め向かいに、掛け茶屋があるな」

京之介は言った。

「お前は、俺たちが出てくるまで、あそこで待っていてくれ。この屋敷の見張りを、頼むことになるかも知れないから」

「へいっ」

玉吉は嬉しそうに頷く。

大した手当が出るわけではないが、捕物好きが昂じて下っ引になった者たちは、同心の旦那から直々に指図《さしず》されるのが、何よりの励みになるのだ。

そして、京之介と岩太は、西側の表門から大原屋敷へ入り、玉吉は茶屋の縁台に腰を下ろした。

この時——物陰から、京之介たち三人の動きを見ていた者がある。

それは、浅草阿部川町で京之介に背後から斬りかかった、あの中年の浪人者であった。浪人者は、海辺大工町の角を右へ曲がり、高橋通りに出たところで、同心姿の京之介を認めて、

「む……」

積み上げた天水桶《てんすいおけ》の蔭《かげ》に、さりげなく身を隠した。

そして、懐から出した財布の中身を改めるふりをしながら、京之介たちが大原屋敷へ入ってゆくのを見届けたのである。

それから、浪人者は財布を懐に納めると、ごく自然な歩みで通りを横切り、浅井道庵の屋敷の門を潜ったのであった。

茶店の老婆に、茶と焼き芋を注文していた玉吉は、その浪人に気がつくはずもなかった。

中間《ちゅうげん》に母屋の玄関へ案内される途中、左手に割竹を組んだ建仁寺垣《けんにんじがき》があった。

その垣根の向こうに、元は隠居所だった道庵屋敷の柿葺きの屋根が見える。

「あれが、名医と評判の道庵先生のお屋敷ですか。さぞかし、お弟子も沢山、いらっしゃるんでしょうね」

岩太が如才なく訊くと、

「いや、玄太郎《げんたろう》さん一人だけだよ」

人の良さそうな中間が、肩越しに答えた。

「へえ。玄の字とは、いかにも、お医者のお弟子らしい名前ですねえ」

大袈裟に感心してみせる、岩太だ。

日本医学史に名高い『解体新書《かいたいしんしょ》』の訳者である杉田玄白《すぎたげんぱく》のように、医者の名前には〈玄〉の字が付く者が多かった。

吉原遊廓では、「玄さま」と言えば医者の別称となる。

六畳の座敷に通されてから、岩太は小声で、

「弟子の名前が芳の字じゃなくて、ちょっと残念でしたね」

「そんなにこっちの都合良くは、いかんだろう……実を言うと、俺も少しは期待はしてたんだが」

京之介も苦笑する。

火の気の無い座敷で、二人は、じっと待った。

「ずいぶんと待たせますね。かれこれ、四半刻は経ちますよ」

「仕方がない。俺たちは、招かれざる客だからな」

小声で話していると、廊下を淑《しと》やかな衣擦《きぬず》れの音が近づいてきた。

藤色の着物を着た女中が入ってきて、二人の前に茶を置くと、無言で退出する。

底冷えのするような寒い座敷で、熱い茶は有難かった。二人がその茶を飲み終えて、さらに四半刻ほどが過ぎる。

庭に差しこむ陽光も、かなり傾いていた。

「あんまり待たされたんで、何だか、眠くなってきましたよ」

「行儀が悪いぞ。だが、そろそろ来そうなもんだがな」

京之介も不思議と眠気を感じながら、そう言った。

すると、その言葉が聞こえたかのように、今度は、男の足音が近づいてくる。

厳《いか》めしい顔をした初老の用人が、座敷へ入ってきた。京之介と岩太は、両手をついて丁寧に頭を下げる。

「待たせたな。当家の用人で、沢田久内という。で、町方役人が如何《いか》なる用事で、当家に参ったのか」

「北町奉行所の定町廻り同心、和泉京之介と申します。これに控えますは、御用聞きの岩太で。実は――」

京之介がそこまで言った時、どさっと音を立てて、岩太が前のめりに突っ伏した。

「おい、どうしたっ」

振り向いた京之介も、ふわりと意識が遠くなり、力が抜けてそのまま横倒しになってしまう……。

十八

「――お光さん、お光さん」

表の葦簀《よしず》の蔭から、そっと呼んだのは、下っ引の玉吉である。

両国橋の西の袂――西両国広小路の掛け茶屋〈橘屋〉の軒先には、屋号を染め抜いた提灯が、明々と灯っていた。

とうに、酉《とり》の中刻――午後七時は過ぎているだろう。

「あら、玉吉さん。一人なの？」

お光は笑顔で、不安げな表情をした玉吉に近づく。

「ちょ、ちょっと」

玉吉は、十七娘の袖を摑《つか》んで、葦簀の蔭に引きこんだ。

「旦那は……和泉の旦那は、来たかい」

「いえ、今日はまだよ。でも…」

今朝、お屋敷の裏でお会いしたから――と言いそうになって、お光は急いで口を噤んだ。自然と、頰が赤らんでしまう

そんなお光の様子も目に入らないように、

「やっぱり来てないのか……だったら、岩太親分も来てないよなあ」

そわそわしながら、玉吉は言った。さすがに、お光も、その態度がおかしいのに気がついて、

「京之介様と岩太さん、どうかしたの」

「それがね……困っちまったことに、旗本屋敷へ入ったまま、二人とも出てこないみたいなんだよ」

玉吉は、京之介たちが深川の大原屋敷を訪ねた理由を説明して、

「中に入って一刻《いっとき》も経つから、長すぎると思って、俺は、大原屋敷の門番に訊いてみたんだ――」

北町奉行所からの使いの者ですが、こちらにお伺いしている同心の和泉様に、お取り次ぎを願います——と言ったところ、「その二人なら、先ほど帰った」という突《つ》っ慳貪《けんどん》な返事である。

それから先は、門番は「帰った」の一点張りで、会話にならない。

「まずいことに、俺は茶店で待ってる間、冷えこむもんだから何度か後架へ行ってるんだ。だから、屋敷から出てきた旦那たちが、俺の姿がないんで、そのまま帰った——というのも、確かに、ありえないことじゃない。それで、ひょっとしたら、奉行所へ帰る前に橘屋に廻ったんじゃないかと思って、こうして来てみたんだが……」

「それで、玉吉さん。これから、どうするの」

強ばった表情で、お光が訊いた。

「北町奉行所へ行ってみる」と玉吉。

「俺みたいな下っ引が相手にされるかどうか、わからないけど、筆頭同心の平田様は大層、物のわかった御方《おかた》らしいんで、話を聞いて貰えるかも知れない。もしも、二人とも大原屋敷から出ていないのなら、何が起こったかわからねえが、一大事だからね——」

そう言って、玉吉は去った。

お光は、それを見送って、しばらくの間、ぼんやりと立ち尽くしていた。が、目の前を、空の町駕籠が通り過ぎようとすると、

「あ、駕籠屋さんっ」

思わず、呼び止めてしまった。

緋縮緬の片襷を外しながら、お光は駕籠へ素早く乗りこんで、「深川の高橋通り、江月院《こうげついん》の前までお願いします」と言う。

片襷を左の袂に入れて、駕籠で揺られているうちに、店主の彦兵衛に断らずに出てきたことに気がついて、お光は両手を合わせて心の中で詫びた。

そして、「決して一人になるな」という京之介の言いつけに背《そむ》いたことにも、気づいた。

(ごめんなさい、京之介様……必ず御無事な姿を見せて、お光を叱ってください)

心の中でそう祈る、お光なのであった。

江月院の門前に着いて、駕籠代の四百文を払うと、お光の財布の中身は、かなり心細くなる。

しかし、ここから先は、金よりも知恵の問題であった。

通りの向こう側にある大原屋敷の表門は、門扉が閉じている。それを横目で見ながら、お光は、高橋通りを北へ歩いた。

玉吉の話に聞いた、北側の冠木門が見える。医師・浅井道庵の屋敷の門だ。

こちらの門扉も閉じられているが、左側に潜り戸がある。

お光は、常照院の脇の暗い路地に入ると、両手を胸の上で重ねて、静かに目を閉じた。

「頼むわ――おえんちゃん」

彼女が呟くと、結綿髷に挿した黄楊の櫛から、青白い霧のようなものが立ちのぼった。それは、たちまち畳一枚ほどの大きさになって、揺らめきながら宙に漂う。

これが櫛を住居している煙の妖――煙羅であった。

――お光、何か用か。

「お願いがあるの。あの屋敷のどこかに、京之介様と岩太さんが、悪い人たちに囚《とら》われているみたいなのよ。だから――」

十九

「――さすがに、阿蘭陀《オランダ》渡りの眠り薬は、よく効く。江島《えじま》先生が教えてくれたおかげで、上手くこの二人に、薬入りの茶を飲ませることが出来ましたよ」

「それじゃ、この同心を斬り損ねたしくじりは、これで帳消しだな」

「どうでしょうかね。あの時は、絹枝の母親も逃していますからなあ。帳消しではなく、半消しくらいでしょうか」

「丁ではなく、半か。いつもながら、道庵殿は手厳しいな。ははは」

絹枝の母親、道庵……耳に流れこんだそれらの言葉が、和泉京之介の休止していた意識を揺さぶったようである。

「む……？」

目を開いてみると、そこは広い土間で、京之介は荒縄で後ろ手に縛られ、転がされていた。腰の大小や懐の十手も、失っている。

彼を見下ろしているのは、慈姑頭《くわいあたま》に泥鰌《どじょう》髭を生やした医者と弟子、大刀を左手に持った中年の浪人者と若い遊び人、それに恰幅《かっぷく》の良い武士であった。

ひどい頭痛を感じながら、京之介が周囲を見まわすと、岩太も縛られている。まだ、意識を失ったままだ。

そして、殴られて目鼻の位置もわからほど顔が腫《は》れ上がった男が、竈の近くに転がっていた。

土間の向こうに上がり框があり、鉤型《かぎがた》に曲がった六畳ほどの広さの板の間がある。

背後の出入り口は、今は板戸が閉じられていた。天井がないので、梁《はり》や小屋組《こやぐみ》、屋根裏が見える。

「どうした、竜宮城へ行った夢でも見ていたのか。残念ながら、ここは道庵屋敷で、地獄の一丁目だ」

浪人者――江島達蔵《たつぞう》が、嘲笑った。

「余計なことに首を突っこまねば、貴様も、もう少し長生きできたものを」

「お前が…浅井道庵か」

頭痛を堪《こら》えながら、京之介は慈姑頭に訊く。

「左様《さよう》。初めてお目にかかるのだが、これが今生《こんじょう》の別れとなりますな、和泉様」

道庵が、にやにや嗤いながら言った。

「おい、岩太、起きろっ」

京之介が肩で押すと、岩太は、ようやく目を覚ました。

「あれ……何だ、こりゃっ」

自分が縛られていることに気づいて、岩太も驚く。

「まあ、その岩太という岡っ引と、ろくでなしの庄太も一緒だから、和泉様も三《さん》途《ず》の川を渡るのには寂しくないでしょう」

「庄太……こいつがかっ」

京之介たちは、息も絶え絶えで転がっている男を見た。

「あちこち逃げまわっていたのを、この弥三郎《やさぶろう》様が、ようやく見つけたのよ」

若い遊び人――弥三郎が、得意げに言う。

「放っておくと、この阿呆《あほう》は、奉行所に駆けこんで、洗いざらい喋りそうだったんでな」

「やはり、牢内で清次郎がお絹殺しを打ち明けたという庄太の話は、嘘だったのか……すると、お絹を殺して首を切り落としたのは、お前か」

京之介は上体を起こして、道庵を睨みつけた。

「確かに、鉈で女中の首を切り落としたのは、私ですがね。殺したのは、私じゃありませんよ」

浅井道庵は苦笑した。

「じゃあ、誰がお絹を殺したんだっ」

岩太が吠える。

「………」

「………」

道庵たちは、無言で顔を見合わせた。そして、彼ら四人の視線が、四十前と見える武士に集まる。

「仕方あるまい」

その武士──大原兵庫は、ふて腐れたような口調で言った。着流し姿で、脇差《わきざし》だけを帯びている。

「茶を運んできた絹枝が、我々の話を聞いてしまったのが悪いのだ。しかも、逃げようとしたから……つい、後ろから南蛮帯で首を絞めてしまった。わしのせいではないぞ」

「南蛮帯……？」

京之介が不審げな顔になると、

「これですよ」

道庵が、板の間に置いていた箱の中から、異国の革製のベルトを取り出した。そのベルトには、唐草模様の装飾が施されている。

「お殿様が、これで絹枝の首を絞めたら、肌に、くっきりと唐草模様が残ってしまいましてね――」

そのままお絹の死骸をどこかに捨てたとしても、唐草模様の痕跡が動かぬ証拠になる。

大原兵庫にベルトを売った唐物屋や、兵庫にベルトを自慢げに見せられた客などが、それを町奉行所に訴え出れば、お終《しま》いだ。

「だから、絹枝の首を顎の下と付根で切断したのです。この土間の、ちょうど今、和泉様のいる辺りでね」

唐草模様の痕《あと》がついた頸部以外の頭部と軀は、弟子の玄太郎が舟で運んで、源森橋の近くの河原に捨てた。

そうすれば、死体が見つかっても、頸部は野良犬が咥えていった――と判断されるだろう。

そして、事件を担当した南町奉行所の長谷川同心は、まさに、道庵の思惑通りに処理したのである。

「すると、駕籠に乗って水戸様の屋敷の角で降りた御高祖頭巾の女中は……」

「あれは、山猫《やまねこ》お銀《ぎん》という金次第で何でもやってのける莫連女《ばくれんおんな》で、絹枝に化けて貰ったのだ」

江島浪人が言う。

駕籠に乗った女中は、お絹の身代わりだった――ここに思い至らなかったのは、京之介の失態であった。

生娘のお絹を、駕籠掻きが「腰つきが艶めかしい女中」と評した時に、京之介は、「別人ではないか」と気づくべきだったのである。

そして、屋敷の中に船着き場があれば、こっそりと舟でお絹の死体を運び出すことが出来るのだ。

死体が発見された現場に血痕が少なかったのも、切断されたのが浅井の屋敷の土間だったからであった。

そして、死体が袂に入れていた呼び出しの付け文は、痴情のもつれによる殺しに見せかけて探索を攪乱《かくらん》させるために、弥三郎が適当に書いたものだった。

つまり――〈芳〉の字の男など、最初から存在しなかったのである。

「納豆売りの豆助も、知り合いのふりをしたお銀が路地の奥に誘って、この江原の旦那が殴り殺したのさ」

脇から、遊び人の弥三郎が言った。

「人目につかないように夜中に豆助の死骸を大川に投げこんだんだが、まさか、上げ潮で黒船河岸まで戻ってくるとは思わなかったぜ」

「おい、弥三郎」と道庵。

「今度は念入りにな。二度と浮かび上がらないように、庄太には石を抱かせて、江戸湊《えどみなと》の沖に沈めるのだ」

「わかりました」

弥三郎は、頭を下げる。

その会話が聞こえたのか、庄太が低く呻いた。命乞いをしたのかも知れない。

「ほとぼりがさめてから、文字常という女も始末しないとね。全く、お絹の首がなくなったせいで、念のために、関わり合いのある者をみんな、口封じをしないといけなくなった。要《い》らぬ汗をかいたよ」

道庵は溜息をつく。

「それにしても……先生。絹枝の墓を暴いて首を盗んだのは、どこの誰でしょうか」

玄太郎が不審そうに訊いた。

「どうせ、生前の絹枝に懸想《けそう》していた馬鹿者の仕業だろう。そんなことは、どうでも良い」

道庵は面倒くさそうに言って、

「和泉様。知りたいことは教えてあげたのだから、これで、この世に未練はないでしょう」

「いや、待て」

お絹の首に関わる謎は判明したが、まだ、肝心の謎が残っている。

「お絹が聞いた話とは何だ、殺すほどの理由があったのか」

京之介が、道庵と兵庫の顔を見ながら、訊く。

すると、いきなり、江島浪人が、京之介の頬を大刀の鐺《こじり》で一撃した。

「旦那っ」

岩太が、悲痛な声で叫ぶ。

「若造、あんまり調子に乗るな」と江島浪人。

「お前らの命を木戸銭《きどせん》代わりにして聞けるのは、ここまでだ。この先は、化けて出てきたら、教えてやる」

浅井道庵は、京之介の様子を眺めて、

「さて、この同心と岡っ引の始末だが――お殿様、奉行所の方は大丈夫でしょうな」

「いかに町奉行所から問い合わせがあっても、すでに両名とも屋敷を出た――で押し通す。用人の久内にも、そう命じてある」

大原兵庫が言った。

「当屋敷に、この者たちが留まっているという証拠はないのだから、目付も手の出しようがあるまい」

「左様ですな」と道庵。

「屋敷から運び出すのは、少し剣呑《けんのん》だ。二人とも衣服を剝いで丸裸にしてから、例の空井戸《からいど》へ放りこみ、土をかけて井戸ごと埋めてしまいましょう。衣服は、その竈で焼けば宜しい」

「刀と十手は、庄太を沖に沈める時に、一緒に捨てた方が良いだろう」

これは、江島浪人の提案である。

「さすがに、先生は悪知恵が働きますな」

「いや、道庵殿には遠く及ばぬよ。ははは」

悪党たちは、毒々しく笑いあった。

「それでは――玄太郎」

浅井道庵は、若い弟子の方を向いて、

「この同心の首を、そこの荒縄で後ろから絞めてみなさい」

「え、私が殺《や》るのですか」

玄太郎は、驚いたようだ。

「何を怖れる。昔から、五人や十人、殺さないと立派な医者にはなれない――と言うではないか」

「しかし……」

「玄太郎さんよ」と弥三郎。

「ここにいる者は、お殿様も含めて、みんな自分の手を汚してるんだ。あんた一人が白無垢《しろむく》のままでいようってのは、少しばかり虫が良すぎますぜ」

「それとも――」

江島浪人が、じんわりと凄みをきかせて、

「自分だけ良い子になって、まさか、我らを裏切るつもりではあるまいな」

静かに、大刀の鯉口《こいぐち》を切った。

「わ、わかりましたっ」

玄太郎は、三人を縛った荒縄の残りを拾う。

「殺すなら、俺から殺せっ」

岩太が喚いた。

「安心しろ」と江島浪人。

「お前も、すぐに若造のあとを追わせてやる」

「玄太郎、早くしなさい」

道庵に促されて、

「はい……」

真っ青な顔をした玄太郎は、京之介の方へ踏み出す。

その瞬間――どんっと轟音が響きわたり、家全体が揺れ動いた。

二十

「な、何だっ」

「地震かっ」

その場の全員が屋根裏を見上げた時、弁当の蓋を開くように、見えない力で軒の片側が持ち上げられた。

めきめきと太い梁《はり》や桁《けた》が裂ける音がして、崩壊した材木が、どどーっと男たちの上に落ちてくる。柿も、ばらばらと降ってきた。

「わっ」

「ぎゃあっ」

落下物で頭や肩を打たれた玄太郎や弥三郎たちが、土間に倒れて、残骸の下敷きになる。もうもうと埃《ほこり》が舞い上がった。

ぽっかりと口を開いた屋根から大量に流れこむ月光の中、和泉京之介と岩太は、無事であった。庄太もだ。

いつの間にか、青白い霧のようなものが、三人に覆いかぶさっていたからである。

「煙羅かっ⁉」

京之介が驚いた時、板戸が倒れた出入り口から飛びこんできたのは、お光であった。

「京之介様っ」

お光は、京之介の背中に飛びつく。

「脇差だ、その脇差で縄を斬ってくれっ」

どうしてここに――と訊く暇もなく、京之介が叫んだ。

「はいっ」

脇差を拾い上げたお光は、それを抜くと、荒縄にあてがう。

京之介の手や腕を傷つけないように気をつけながら、荒縄を斬った。

「くそ……」

残骸の下から立ち上がったのは、江島浪人であった。浅井道庵や大原兵庫も、
埃だらけで這い出してくる。

「貴様ら、何か細工をしたな。ふざけやがって」

そう言って、江島浪人は大刀を引き抜く。

「岩太を頼むっ」

両手が自由になった京之介は、土間の大刀に飛びついた。

一回転して片膝立ちになりながら、抜刀しようとする。

「くたばれっ」

江島浪人が拝み打ちに、大刀を振り下ろしてきた。

京之介は、鞘から三分《さんぶ》ほど抜いた大刀で、その一撃を受け止める。

そして、立ち上がりながら、相手の刀を押し返した。

「ちっ」

態勢を立て直して、江島浪人は、袈裟斬りを仕掛ける。

が、それよりも早く、抜刀した京之介が、その刃引き刀を江島浪人の脇腹に叩きつけた。

「ぐえはっ」

肋骨《ろっこつ》を粉砕され臓腑《ぞうふ》がひしゃげた江島浪人は、大刀を放り出して、前のめりに土間に倒れこんだ。

気絶すら許されないほどの激痛で、胃液を吐き散らしながら、江島達蔵は芋虫のように背中を丸めて苦悶する。

「――――」

大きく息を吐いた京之介は、道庵と兵庫の方を見た。

「ひっ」

頼みの江島浪人が倒されたので、二人は、たじろぐ。

その時、屋根の裂け目から、宙を舞うように侵入してきたものがあった。

黒髪を尾《お》のように曳いた、お絹のどくろである。

「首……首がない……」

緑色の燐光を放ちながら、どくろは土間を一廻りした。

「まさか…絹枝の首なのか……」

大原兵庫は、愕然としていた。

「首…首……首ぃィイっ」

そう叫びながら、どくろは、浅井道庵の頸部に嚙みついた。

「あ…が……」

濁った悲鳴を上げる道庵の頸を、どくろは、頸骨ごと嚙み千切《ちぎ》る。

恐怖と苦痛に両眼を見開いたまま、泥鰌髭の道庵の頭部は土間に転げ落ちた。

千切れた首の付根から、鮮血が噴き出して、その軀は仰向《あおむ》けに倒れる。

「うわあああっ」

それを見た大原兵庫は、出入り口から外へ転げ出た。どくろは、そのあとを追う。

「岩太、そいつらを縛り上げろっ」

帯に鞘を差した京之介は、表へ飛び出した。

道庵屋敷を囲む建仁寺垣は、全て倒れていた。

「来るな、来てはならぬっ」

脇差を振りまわしながら、兵庫は夜の庭を逃げる。

どくろは、ひらりひらりと舞って、その刃《やいば》は掠《かす》りもしない。

「き、絹枝……そなたの首を鉈で切り落としたのは、道庵だ。わしではない。仇《あだ》討《う》ちなら、もう済んだであろうがっ」

自分が革のベルトでお絹を絞殺したくせに、兵庫は恥知らずな弁解をした。

「首……首………」

呟きながら、どくろは、兵庫の周囲を舞い飛ぶ。その歯と顎は、道庵の血で濡れていた。

「ええい、この化物奴《め》っ」

狙いを定めて、兵庫は、諸手突《もろてづ》きを繰り出した。

が、ふわりとどくろが躱《かわ》したので、勢い余って蹴躓《けつまず》いてしまう。

倒れこんだそこに、空井戸が暗い口を開いていた。

「あっ」

短く叫んだ大原兵庫の軀は、頭から空井戸に落ちる。井戸の底から、ぐきっと何かが折れる鈍い音がした。

「ぬぬ……首…首がない……」

宙を彷徨うどくろは、京之介の方を向いた。

月光を弾く大刀を見たどくろは、かっと口を開いて、

「首ィィぃっ」

彼に襲いかかってくる。

「むっ」

京之介が大刀を構えた時、

「待って、京之介様っ」

背後から、お光の声がした。そして、流れるように姿を現した煙羅が、京之介の前に広がる。

突進してきたどくろは、網に絡め取られた魚のように、白い霧のような煙羅に包まれて動けなくなった。

お光は、そのどくろに近づいて、手を差し伸べる。

「大丈夫なのか」

京之介が、気遣わしげに訊く。

お光には、〈人ではないものを癒やす力〉がある。だが、その力が、必ずしも全ての妖に効力があるとは限らない。

「はい……たぶん」

そう言って、お光は、そっと両手でどくろを挟みこんだ。

「お絹さん――」

穏やかな口調で、十七娘は語りかけた。

「悪い人は、罰《ばっ》を受けたのよ。恨みを晴らしたのだから、もう怒りを鎮《しず》めて……あなたの本当の御母《おっか》さんも、心配しているのよ」

「お……おか……お母さん……？」

燐光が消えたどくろの右の眼窩《がんか》から、一筋の涙が零《こぼ》れ落ちた。

すると、はらりはらりと黒髪が抜け落ちてしまう。

そして、どくろの顔面に、ぴしっと縦一文字に裂け目が走った。

二つに割れたどくろは、お光の手の間から落ちて、自分の黒髪を褥《しとね》にするように、そこに転がった。

「……」

お光はしゃがみこむと、その割れたどくろに向かって両手を合わせ、頭《こうべ》を垂《た》れる。

漂っていた煙羅は、頭の櫛の中へと戻った。

京之介は大刀を鞘に納めると、お光の脇へ行く。

「お光、立てるか」

相手を癒やす力を行使すると、お光は激しく疲労する時があるのだ。

「ええ」

頷いたお光は、立ち上がろうとして、ふらりとよろけた。

「お」

京之介は、その細い軀を抱きかかえる。

「そら見ろ、言わぬことじゃない」

「ごめんなさい」

そう言いながら、男の腕にもたれかかって、うっとりと目を閉じる十七娘なのだ。

「困ったな」と京之介。

「色々と叱るつもりだったが、叱れなくなってしまった」

「うふ……」

お光は目を閉じたまま、微笑する。

京之介は、その何ものにも代えがたい笑顔を見つめながら、

「まあ、お前と煙羅のおかげで命拾いしたんだ。今回は、俺が煙羅にお神酒《みき》を献上しよう」

その時、半壊した道庵屋敷の方から、

「旦那、お光さん、無事ですかっ」

岩太の声が近づいてきた。

「――――」

目を開いたお光は、名残り惜しそうに男の腕から離れた。さりげなく、衣紋《えもん》を繕《つくろ》う。

京之介も、一歩退がって、お光から距離をとった。

「ああ、良かった。心配しましたよ」

二人の無事な姿を見て、岩太は、胸を撫で下ろす。

「浪人野郎と、梁の下敷きになっていた玄太郎と弥三郎は、縛り上げましたぜ。ここの殿様は、どうしました」

「あの空井戸に、頭から落ちた。何か厭な音がしたから、息絶えているんじゃやな

いか」

「ははあ」

岩太は空井戸を覗きこんで、

「あの医者は、俺と旦那をここに放りこむとか言ってたのに、肝心要《かんじんかなめ》の殿様の方が落ちるとは。因果応報というやつですかね」

「二人とも悪事の報いを受けたが、玄太郎たちと庄太がいるから、事件の真相を究明することは出来るだろう」

「お絹さんの御母さんも、逃げ隠れしなくても、よくなりますね」

お光の言葉に、京之介は頷く。

「そうだ。それが何よりだな――」

今頃になって、母屋と表門の方から家来や奉公人たちが、あたふたと駆けつけてくる声がした。

二十一

それから――十日ほどが過ぎた。

「お、昨日は藪入《やぶい》りのせいで縁台が満席だったが、今日は座れそうで良かった」

西両国の昼下がり——橘屋の方を見て、岩太が嬉しそうに言う。

「あそこでお茶を飲んで名物の黄粉《きなこ》団子をいただかないと、どっかの旦那の御機嫌が悪くなりますからね」

「ふうん。それは、どこの誰なんだろうなあ」

怒りもせずに、和泉京之介は、惚けた顔で受け流した。

「誰でござんしょうかねえ、へへへ」

二人が店の奥を覗きこむよりも早く、お光が表へ飛び出してきた。

「いらっしゃいませっ」

こぼれんばかりの明るい笑顔を見せて、お光が会釈する。

「ああ、お光。俺は、いつものように茶と団子を貰うが——」

大刀を腰から抜いて縁台に座りながら、京之介が言った。

「くだらないことを言って俺たちをからかった岩太には、天水桶に溜まった雨水でも飲ませてやれ。団子の代わりは、そこいらに捨ててある古草鞋《ふるわらじ》に塩でもかけとけばいい」

「はい。雨水と古草鞋ですね」

お光も、わざと真面目な表情で受け答えをする。

「ひでえな、二人とも。謝りますよ、ほら、この通り」

岩太は両手を合わせて、大袈裟に頭を下げてみせた。

「はいはい、お茶とお団子を二人前ですね」

笑って、お光は奥へ引っこんだ。そして、すぐにお盆を持って出てくる。

「ありがてえ」

お辞儀をして、茶と団子の皿を受け取った。

岩太は、

「じゃあ、あっしは、向こうでいただきますから」

気を利かせて、離れた縁台に移る。

片襷を外しながら、お光はごく自然に、京之介の横に腰を下ろした。

穏やかな陽射しの下、京之介は、茶を一口飲んでから、

「この間の事件だが……おおよそのお裁きが決まったよ」

「まあ。ずいぶん、早かったんですね」

お絹殺しは、すでに南町奉行所で落着していた事件が、根底から引っ繰り返されたのだから、真相を徹底追及するのに、かなりの時間がかかると予想されたの

である。

町方だけの事件ではなく、中堅旗本の大原兵庫が殺人の主犯だったので、老中の指図の下に、大目付と目付が関わる〈三手掛《さんてがかり》〉となるのだ。

ましてて、下手人たちは捕縛された時に、偽証をした庄太は半死半生の有様で、浪人の江島達蔵は肋骨の骨折、浅井道庵の弟子の玄太郎と遊び人の弥三郎も腕や足を骨折していたから、取り調べも長引くと思われた。

ところが、わずか十日で吟味《ぎんみ》が済んだというのだから、お光が驚くのも無理はない。

あの夜――下っ引の玉吉の報告を聞いた北町奉行所筆頭同心の平田昭之進は、ただちに筆頭与力の田崎陣左衛門《たざきじんざえもん》と町奉行の曲淵甲斐守に報告し、その指示を仰《あお》いだ。

町方の者は、勝手に旗本屋敷に踏み入ることは出来ない。

曲淵甲斐守は、田崎与力に目付へ連絡させるとともに、平田同心に対して、すぐに捕方《とりかた》を動員して大原屋敷を包囲するように――と命じた。

平田同心は、二十名の捕方を連れて町奉行所を飛び出し、深川の高橋通りへ急行した。

西側の表門、北側の冠木門はもとより、東側の水門も含めて、大原屋敷からは猫の子一匹逃さない布陣を敷いたのである。

そのようにして、目付の到着を待っていたのだが、突然、轟音とともに道庵屋敷が半壊したのだ。

周囲の武家屋敷も騒然となる緊急事態だから、平田同心は、表門の門番に、自分たちを屋敷内に入れるように——と強硬に迫った。

狼狽えた門番は、用人に取り次ぐことも思いつかず、平田同心たちが入ることを承知したのである。

そして、平田同心が和泉京之介を見つけたので、すぐに出て行け——という用人の沢田久内の抗議も無意味になった。

そこへ目付の梶川伝八郎《かじかわでんぱちろう》も到着して、平田同心と京之介は、生き残った江島浪人たち四人を捕縛し、現場を調べることを正式に許されたのである。

例の空井戸を調べたところ、逆さに落ちた大原兵庫は、頸骨の骨折により、すでに死亡していた。

しかも、その空井戸の底からは、失われていたお絹の首の骨が見つかったのである……。

「表向きは——大原兵庫が気の病の果てに女中のお絹を殺し、さらに浅井道庵も斬り殺して、自分は空井戸に身を投げて自害……そして、お絹殺しを隠蔽するために、納豆売りの為助を殺した江島達蔵は死罪、それに加担した弥三郎と玄太郎、それに嘘の証言をした庄太は、遠島——ああ、神奈川で捕まえた山猫お銀も、遠島だったな。無論、みんな別々の島だが」

「……」

「大原家は、幼い長男が御目見得《おめみえ》を済ませていなかったこともあって、家名は断絶。事件のことは何も知らなかった奥方は、子供を連れて実家に戻ったそうだ。それから、貰い子とはいえ、長女を蔑《ないがし》ろにした三崎屋は、闕所《けっしょ》で財産没収らしい」

湯呑みの底で掌を温めながら、京之介は言った。

「俺としても色々と気にくわないが、あまり文句を言うと、お絹の首が飛んだことや煙羅に助けられたことまで話さないといけなくなるしなあ」

「でも、どうして、お絹さんは殿様に殺されたのでしょう」

お光が眉をひそめる。

「それだよ——」

浅井道庵は確かに腕の良い医者であったが、裏の顔を持っていた。

一つは、犯罪や喧嘩などで怪我をして、まともな医者にかかれない者を、密かに治療すること。つまり、暗黒街の住人相手の医者だ。

また、武家屋敷の中で起こった刃傷沙汰《にんじょうざた》で怪我をした者も、内緒で治療してやった。

いずれも表沙汰に出来ない怪我人ばかりだから、治療費は取り放題である。

江島浪人も弥三郎も、元はといえば道庵に治療してもらった縁で、浅井道庵の悪事の片棒を担ぐようになったのだ。

道庵のもう一つの顔は、中条流《ちゅうじょうりゅう》──つまり、堕胎業であった。

不義密通や役者遊び等で望まぬ妊娠をした女たち──富商や旗本の妻女、大名屋敷の腰元などを相手にして、中絶を行っていたのである。

さらに、道庵は江島浪人や弥三郎と手を組んで、自分のところで子堕《こお》ろしをした女を、後々、じんわりと強請《ゆす》ることで、さらに不正な金を得ていたのだ。

女たちが、強請られて素直に金を支払ったのには、「どうせ、また、道庵先生の世話になるのだから──」という諦めや打算もあったらしい。

浅井道庵が、町屋から旗本屋敷の中の借家に移ろうと思い立ったのも、この手の淫奔《いんぽん》な女性客が来やすくするためであった。

道庵は大原兵庫に交渉し、裏稼業で儲けた金の何割かを兵庫に無利子で融通することを条件に、隠居所を借りたのである。

そして、患者用の出入り口を二つに分けて、中絶に訪れた女たちが、一般の患者と顔を合わせないで済むようにしたのだ。

一方、大原兵庫は、道庵から借りた金で猟官運動をして、新番組頭の役に就くことが出来た。

金の力だけではなく、道庵屋敷に訪れた女たちから聞いた武家屋敷の様々な内部情報も、大いに役立ったのであった。

こうして、浅井道庵と大原兵庫は、一蓮托生《いちれんたくしょう》の間柄になった。

が、さる大身旗本の奥方が不義の子を宿した件で、どういう風に強請るか――という話し合いを、母屋の奥座敷で二人がしていた時、何も知らない奥方に言いつけられた絹枝が、茶を運んできたのである。

そして、悪事の相談を聞かれたと知った大原兵庫は、逃げようとした絹枝――お絹に背後から襲いかかり、唐草模様のベルトで首を絞め上げたのだ。

お絹は息絶えて、その首には、くっきりと唐草模様が残った。

我に返った兵庫は、「どうすれば良いのか」と、道庵に泣きついた。

「どこかに絹枝の死体を埋めて行方知れずということにすると、いつまでも事件が解決せずに、尾《お》を曳《ひ》きます。死体はどこかに捨てて、ちゃんと見つかった方が、後腐《あとくさ》れがありません」

さすがに筋金入りの悪党だけあって、道庵は知恵が逞《たくま》しかった。

「ですが、この首に残った模様が問題ですな。お殿様は、その南蛮帯を何人もの客人《きゃくじん》に披露しているでしょう」

「うむ……迂闊《うかつ》であった」

「まあ、お任せを。要は、死体が見つかっても、この唐草模様のところが無ければ良いわけで――」

道庵は、弥三郎にお絹の身代わりになる女を調達するように命じると、自分で鉈を振るって、お絹の頸部を切断した。

そして、唐草模様の残った部分を輪切りにすると、それを屋敷内の空井戸に捨てて、上から土をかけたのである。

弥三郎が連れてきた山猫お銀は、二十代半ばの莫連女で、とても十八の生娘には見えなかった。

が、そこは御高祖頭巾で顔を隠すことで誤魔化し、駕籠屋を呼んで、お絹に化けたお銀を、源森橋の先の水戸屋敷まで送らせた。

その一方で、弥三郎と玄太郎は、小舟に本物のお絹の死体を乗せて、彼女の左袂に偽の呼び出し文を入れると、屋敷の水門から出て大川へ漕ぎ出したのである。

二人は、大川端の河原にお絹の頭部と軀を捨てて、女中姿のお銀を拾うと、また、小舟で大原屋敷へ戻ってきたのだ。

そして、お絹の死体を納豆売りの為次が見つけて、その身許が割れてから、南町の長谷川同心が大原屋敷を訪れると、用人の沢田久内は、兵庫に言いつかった通りに受け答えしたのだった。

これで、町方は、存在しない〈芳の字〉の男を捜しまわり、大原兵庫を毛ほどにも疑うまい――という浅井道庵の読み通りになった。

三崎屋の夫婦も、養女であるお絹を殺した下手人捜しについては、あまり熱心ではなかった。

お絹の首の一部がなくなっていることにすら、夫婦とも、さして気にしなかったくらいである。

お絹殺しの捜査が行き詰まったところで、弥三郎が道庵に持ちこんだのが、

「俺は、獄門首の清次郎の兄弟分だ」と吹聴しているろくでなしがいる――という話だ。

小伝馬町の牢内で、元の主人を殺した清次郎という科人が、その庄太という男と気が合ったことは、事実である。

清次郎は総州《そうしゅう》の佐倉《さくら》の出で、庄太の母親の実家が佐倉という、それだけの縁で、親しくなったのだ。

処刑を前にして、さすがの清次郎も、人恋しくなっていたのであろう。

庄太というろくでなしは、居酒屋で飲み喰いをしては、「獄門首の兄弟分の俺に、金を払えと言うのか」と居直って、逆に店の親爺から小金を脅しとっていたのだ。

そろそろ、お絹殺しの下手人をでっち上げた方が良い――と考えていた道庵は、その庄太という男を利用することにした。

庄太に五両を与えて、わざと御用聞きの佐兵衛の耳に入るように、「お絹殺しの下手人を知っている」と、触れまわらせたのである。

案の定、佐兵衛は、その釣り針に引っかかった。

庄太は少し痛い目を見たが、清次郎がお絹を殺した下手人だ――と、佐兵衛に信じこませることに成功したのである。

これで、お絹殺しは一件落着。庄太は成功報酬として、さらに道庵から五両を貰うと、江島浪人に脅かされて、厳重に口止めをされた。

本当の下手人である大原兵庫も胸を撫で下ろし、道庵一味もお絹のことは、すっかり忘れてしまった。

二十二

ところが――今年になって、お絹の実母のお路が、大雲寺でお絹の墓を暴こうとしたことから、状況が一転した。

大雲寺の小坊主が、三崎屋にお路の件を報せに行くと、三崎屋の主人・弥兵衛は、夜更けにも関わらず、すぐに大原屋敷へ向かって、用人の沢田久内に面会を申しこんだ。

血の繋がった実の娘であるお邦の目出度《めでた》い祝言を前にして、お絹の事件の蒸し返しなどで世間の耳目《じもく》を集めたくないから、殿様のご威光で穏便に収めて欲しい――と、久内に頼みこんだのである。

それを久内から聞いた大原兵庫と浅井道庵は、大いに慌てた。南の盆暗同心と違って、お路の訴えを取り上げた和泉京之介という北町の同心は、若いのに似合わず腕利きだという。

兵庫、道庵、江島達蔵、玄太郎、弥三郎の五人が、額を付き合わせて相談した結果――騒ぎを起こしたお路、偽証をした庄太、そして死体の発見者である為助の三人を、早急に始末することになった。

死体の発見現場に血痕が少なかった、首の一部がなくなっていた――というような事実を、為助が京之介に話したら、さらに困ったことになる。

だが、庄太と為助さえ殺せば、どう事件を掘り返しても真相を突きとめることは無理だろう。そして、お路が死ねば、お絹殺しの再捜査も有耶無耶になるはずだ。

そこで、山猫お銀に、朝の仕事を終えた為助を路地へと引きこませて、絵島浪人が殴殺した。

その死体を近くの空き家の縁《えん》の下《した》に放りこむと、次には、弥三郎がお路を誘い出そうとした。

為助と同じように、人目に突かない場所でお路を殺したら、空き家の縁の下に死体を隠すつもりであった。

ところが、間が悪いことに、そこに和泉京之介が現れたので、弥三郎は逃げ出したのである。

弥三郎の顔を見られた以上、この同心を生かしておいては危険だ——と焦った絵島浪人は、後先を考えずに、京之介に斬りかかった。

だが、予想以上に京之介は手強かったので、絵島浪人は逃走せざるを得なかった。

さらに、夜中に、隠していた為助の死体を大川に投げ棄てたものの、上げ潮で黒船町の桟橋に引っかかってしまったのである。

一方、庄太も、三島町の裏長屋に帰ってこなかった。

実は——小石川の遊女屋で、馴染みの妓《おんな》の部屋に泊まった庄太は、翌朝、大雲寺でお絹の墓が荒らされた話を聞いたのである。

小悪党に特有の鋭い勘で、庄太は、自分の身が危ないことに気づいた。

それで、庄太は裏長屋には戻らず、知り合いのところを転々としたである。

だが、いつまでも逃げ隠れは出来ない。いっそのこと、清次郎のことで嘘の証言をしたと北町奉行所に自訴《じそ》して出ようか——と悩んでいた矢先に、弥三郎に見つかって、庄太は道庵屋敷に連行されたのだった。

その前に、大原屋敷に乗りこんだ京之介と岩太は、一服盛られて、道庵たちの虜《とりこ》となったのである。

道庵たちは、京之介、岩太、庄太を捕まえて、安堵した。

この三人さえ殺してしまえば、今度こそ、お絹殺しの真相は闇に葬ることが出来る——と確信したのだった。

ところが、その時には、煙の妖である煙羅の手引きで、お光が道庵屋敷の敷地に密かに入りこんでいた。

そして、お光が、京之介たちを助ける機会を窺っていた時、お絹のどくろが出現して、その妖力で道庵屋敷の屋根を引き剝がしたのであった。

道庵は、お絹のどくろに首を嚙み千切られ、兵庫は空井戸に頭から落ちて、首の骨を折って即死した。

その空井戸が、お絹の唐草模様のついた首の部分を捨てた場所であったことは、まさに、因果応報というべきであろう。

お絹のどくろは、見事に復讐を果たしたのである。

さらに、弥三郎の自白から、京之介たちは、山猫お銀の本所の塒《ねぐら》を急襲したが、もぬけの殻だった。

お銀もまた、悪党の勘で危険が迫っていることを察知して、江戸を脱出していたのである。

だが、大磯《おおいそ》にお銀の叔母がいると聞きこんだ京之介と岩太は、東海道を西へ向かった。

そして、足を挫《くじ》いて神奈川宿の旅籠《はたご》に泊まっていたお銀を、捕縛したのだった。

こうして、京之介たちは命賭けの苦労をして、お絹事件の下手人どもを捕らえた。

にも関わらず、犯罪の全貌を解明することなく、裁きが下されるというのだ……。

「――道庵の悪事を詳しく調べていくと、武家屋敷や大名屋敷に困る人間がたくさんいる。だから、張本人の二人が死んでいるのを幸いに、上のまた上の方が、幕引きしたがったのだろうよ」

和泉京之介は、険しい表情で言った。

「お奉行様も、ずいぶんと苦々しく思っておられるに違いない」

「……………」

気遣わしげに自分を見つめているお光の視線に、京之介は気がついた。無理に笑みを浮かべて、

「しかし、今回の報告書は大汗をかいたぞ。例のどくろだが、大原屋敷の者も何人か見ているんだ。どうしたと思う？」

「お絹さんの怨念でどくろが飛んだ——とは、書けませんね」

「そうだ。だから……凧《たこ》にしたよ」

「凧……？」

十七娘は、訝しげな顔つきになる。

「新春だからなあ。昼間、どっかの子供の上げた凧が、糸が切れて夜風で舞っていた——そう書いたのさ」

「どくろの画を描いた凧が、あるんですか」

「あるんじゃないか、俺は見たことがないが……そう書かないと、報告書にならないんだから、仕方ない」

「大変ですね」

お光は微笑んだ。

「大変だとも」

京之介は、憮然《ぶぜん》とした表情である。

「道庵屋敷の屋根が崩れたのも、急な突風が庇を巻き上げたことにした。同じ敷地の中の母屋は何ともないのだから、不自然極まりないがな。珍しいことがあるもんですね――とか、岩太にも散々、からかわれた」

「ふ、ふ」

「だが、平田様が、これで良いと仰《おっしゃ》ったので、助かったよ。俺が拾ったお絹のどくろについても、お前があの場にいたことについても、平田様は見て見ぬふりをしてくれたしな」

「あのどくろ、大雲寺のお墓に戻ったのでしょう」

「うむ。お路が立ち合って、ちゃんと、お絹の棺桶の中に戻して、蓋も新しく付け替えたよ……あ、そうだった」

京之介は膝を叩いた。

「大事なことを、言い忘れるところだったぞ」

「何ですか」

「大雲寺の住職が、ひどくお絹のことを気の毒がってな。お路に、ちょうど門前町に空き家があるから、花屋をやらないか――と勧めたらしい。店賃《たなちん》は要らない

だ」

「小唄の師匠を辞めて、大雲寺前の花屋になり、ずっと娘の墓の番をするそうだ」

「うむ」京之介は頷く。

「まあ……お路さんは、承知したんですか」

から、と」

「お絹さんも、喜ぶでしょうね」

「喜ぶだろう。やっと、本当の母親と暮らせるのだからな」

しんみりとした口調で、京之介は言う。

幸福とはいえなかったお絹の生涯だが、墓に入り、復讐を終えてから、本当の安らぎを得たのかも知れない。

二人は黙りこんで、しばらくの間、店の前を行き交う人々を眺めていた。どこからか、梅の香が漂ってくる。

「さて――」

団子を食べ終えた京之介は、大刀を手にして立ち上がった。

「お光。ちょっと、そこの岸から大川を見てみないか」

「あら、それはいいですけど……大川が、どうかしたんですか」

お光も立ち上がりながら、不思議そうな顔になる。

「つまりだな」

和泉京之介は、悪戯《いたずら》っぽい笑みを見せて、

「また、流れて来やしないかと思ってな――下駄の片方が」

第二話　死闘《しとう》・四鬼神狩《しきがみが》り

一

相手の姿は見えない。

だが、邪悪な気配が、深夜の森の中に濃厚に漂っている。

「――」

十六歳の長谷部透流は、腰から下げた竹筒に、そっと左手で触れた。

その竹筒は長さ六寸ほどで、黒漆塗《くろうるしぬ》りである。

透流は、繁みの中にしゃがみこんでいた。丸みを帯びた六角形の板笠を被り、筒袖の藍染めの半着に、焦茶色《こげちゃいろ》の革の袖無羽織を着ている。

膝までの長さの藍染めの四幅袴《よのばかま》を付け、草鞋《わらじ》を履いていた。

手甲《てっこう》も脚絆《きゃはん》も、足袋《たび》までも、焦茶色の革製であった。

男装の透流は、髻は結わずに、盆《ぼん》の窪《くぼ》の辺《あた》りで紙縒《こより》で括り、無造作に背中に垂らしている。

色白の美しい娘で、ふっくらした頰には、まだ幼さが残っていた。

透流の正面に、月光に照らされた古びた社《やしろ》がある。

木連格子《きつれごうし》の扉の向こうには、小さな男の子が蹲《うずくま》っていた。

白い衣装を着たその子は、先ほどまでは、しくしくと泣いていたのだが、今は静かである。泣き疲れて、眠ってしまったのかも知れない。

雲が流れてきたのか、月が蔭《かげ》って、森の中が暗くなった。

「っ⁉」

透流は、背中を濡れた手で逆撫でされたような寒気を感じた。

考えるよりも早く、右手で帯の後ろに差した短剣を引き抜く。

それと同時に、身を投げ出すようにして、透流は前方へ跳んだ。

その直後に、透流がいた空間を鋭い爪が引き裂く。

「むっ」

着地した透流は、両刃の短剣を構えて、振り向いた。

そこにいたのは、巨大な狒々《ひひ》であった。

左眼には刃物の傷痕《きずあと》が走り、血走った右眼だけを、らんらんと光らせている。

全身を覆う長い毛は、赤黒く染まっていた。

こいつは、音もなく背後から忍び寄って、透流を生きたまま引き裂こうとしたのである。

隻眼《せきがん》の狒々は、白い牙を剝《む》き出しにして吠えた。

両腕を高く掲げて、透流に襲いかかってくる。

透流は、相手の見えぬ左眼の死角に飛びこみながら、短剣を振るって、怪物の背後へすり抜けた。

しかし、狒々は無傷であった。針金のように太く、松脂《まつやに》で固められた毛は、刃物を通さないのである。

「くそっ」

透流は、左腰の黒い竹筒を取ると、その栓《せん》を引き抜いた。

「出《い》でよ、九郎丸《くろうまる》っ！」

竹筒を一振りすると、その小さな穴から、するりと大きな黒い影が躍り出た。

その影は、長さ一間半――二・七メートルほどもあり、頭部に二本の触覚を備えている。

百足《むかで》であった。

艶《つや》やかに黒光りする巨大な百足――これが、男装の娘陰陽師・長谷部透流が使役する妖《あやかし》の〈九郎丸〉なのだ。

普段は棲家《すみか》である竹筒の中で眠っている九郎丸だが、透流の命令によって、外界へ飛び出すのである。

「ゆけ、九郎丸っ」

その声を聞いた九郎丸は、全身をうねらせて、隻眼の狒々に襲いかかった。

あっという間に、その軀《からだ》に巻きついて、頭部に噛みつく。

顎肢の爪から毒液を注入された狒々は、怒り狂って、大百足を引き剝《は》がすと、投げ棄てた。

が、毒液が急激に五体にまわったらしく、その軀がふらいてしまう。

大百足の九郎丸は、再び、狒々に襲いかかった。

今度は、両腕の上から巻きついて締め上げ、狒々が身動き出来ないようにする。

「でかしたっ」

透流は、狒々の頭部の毛を左手で摑《つか》んだ。右手の短剣を、怪物の右眼めがけて振り下ろす。

「〰〰〰〰っ!!」

鮮血が飛び散って、狒々は絶叫した。

右の眼球を深々と貫いた両刃の短剣が、その脳まで破壊したのである。

透流は跳び退《の》いた。

濁った悲鳴を上げながら、狒々の巨軀は、徐々に小さくなってゆく。

そして、黒ずんだ木乃伊《ミイラ》のように萎《しぼ》んで、動かなくなった。その大きさは、普通の野猿と変わりない。

おそらく、年を経《へ》た老猿が、深山の霊気を吸って変化し、さらに人を啖《くら》うことによって妖力を得て、狒々となったものであろう。

「よくやった、九郎丸。戻れっ」

透流が黒い竹筒の口を向けると、大百足の九郎丸は、その中へと潜りこんだ。

短剣を何度も地面に突き刺して、刃の血脂《ちあぶら》を落とした透流は、それを帯の後ろの鞘に納めた。

それから、社に近づいて、木連格子の扉を開く。

「もう大丈夫だよ」

透流は中に入って、男の子に話しかけた。

この子は、村人によって、狒々へ捧げられた生贄《いけにえ》なのである。村に立ち寄った透流が、狒々を退治しなければ、この男の子は怪物に喰われていただろう。

震えている子供を抱き上げると、娘陰陽師は、社の外へ出る。

いつの間にか、そこに村人全員が集まっていた。

「金坊《きんぼう》っ」

男の子の母親が、飛びつくようにして、男の子を抱きしめた。

安堵で、男の子が、わっと泣き出す。

「ありがとうございます、陰陽師様、ありがとうございますっ」

母親は涙を流しながら、何度も頭を下げた。

「いや……子供が無事で良かったね」

透流が微笑を浮かべた時、雲の切れ間から洩れた月光が、彼女の顔を照らした。

「ひっ」

小さく叫んで、母親は後退《あとずさ》りした。その顔は、恐怖で歪《ゆが》んでいる。

「え？」

透流は、自分の顔に触れてみた。指先が血で粘《ねば》る。

先ほど、狒々の右眼を短剣で貫いた時に、返り血を浴びてしまったのだ。自分で見ることは出来ないが、透流の顔は、狒々の血痕で斑《まだら》に汚れている。

村人たちは、慌てて逃げ出した。男の子を抱いた母親もだ。

彼らの姿は、掻き消すように見えなくなる。

「おい、待って――」

透流が一歩、前へ踏み出すと、途端に、踏みしめた地面が砂のように崩れだした。

たちまち、男装娘の軀は、地面の中に呑みこまれてしまう。

長谷部透流は、悲鳴を上げた……。


「――おい、透流。おい」

肩を揺すられて、長谷部透流は目を覚ました。

目の前に、日焼けした壮年の男の顔がある。

「あ……叔父上《おじうえ》」

寝間着姿の透流は、上体を起こした。

そこは――中仙道《なかせんどう》の福島宿《ふくしまじゅく》、〈讃岐屋《さぬきや》〉という旅籠の一室であった。

「どうした。ひどく、うなされてたぞ」

「うん……」

手拭《てぬぐ》いで額や胸元の汗を拭いながら、透流は曖昧に頷《うなず》く。

「化物《ばけもの》退治に失敗した夢でも見たのか」

叔父の長谷部曹元《そうげん》は、有明行灯《ありあけあんどん》に照らされた透流の顔を覗きこんだ。

「いや、狒々は退治したんですけど……」

「では、さしずめ、その後に村から追い払われたのだろう」

「どうして、それが」

透流は驚いた。

先ほどの夢は、透流が数ヶ月前に上州《じょうしゅう》で実際に経験したことの再現であった。村人たちに懇願されて、狒々を命賭けで退治したが、化物の血にまみれた娘陰陽師は、彼らに忌避《きひ》されたのである。

「そんなものさ。どこへ行っても、な」

曹元は、枕もとの膳の徳利《とっくり》に手を伸ばした。飲み残しの寝酒を、猪口に注いで、呷《あお》る。

「陰陽師というのは、金貸しみたいなものだ。客は借りる時には、ぺこぺこ頭を下げるが、いざ、返す段になると、渋面《しぶづら》になる」

「……」

「妖の被害にあっている者たちは、わしたち陰陽師を三顧《さんこ》の礼《れい》で迎える。だが、いざ、妖を退治してしまうと、今度は、そんな特別な力を持った陰陽師を怖れるようになるのだ。馬鹿な話さ」

「でも……私たちがいなければ、何の力もない人たちが、妖の餌食《えじき》になってしまいます」

「兄者《あにじゃ》の口癖だったな」

曹元は、ほろ苦い笑みを浮かべた。

「陰陽師の力は、弱い人々を助けるためにある――か」

「ええ」

「まあ、いい。夜明けまで、あと一刻《いっとき》はあるだろう。寝ておかないと、今日は山の中だから、きついぞ」

「はい」

透流は、夜具に横たわった。

曹元も猪口を膳に戻して、夜具に潜りこむ。

「透流。子守歌でも唄ってやろうか」

「叔父上ったら」透流は笑った。

「私は、もう子供ではありません」

「そうだった。何しろ、透流は今では、長谷部流陰陽術の宗家《そうけ》だからな。ご無礼仕《つかまつ》りました」

　からかうような口調で、曹元は言う。

「本当に、叔父上は冗談ばかり。お休みなさい――」

　そんな会話で気分がほぐれたのか、目を閉じた透流は、すぐに眠りの中に落ちた。

二

　平安時代に、安倍晴明《あべのせいめい》という天才的な陰陽師がいた。

　葛《くず》の葉《は》という妖狐を母とし、幼くして百鬼夜行《ひゃっきやぎょう》を目撃し、十二神将を式神《しきがみ》として駆使して、在原業平《ありわらのなりひら》や藤原道長《ふじわらのみちなが》の命を救った――などという様々《さまざま》な伝説がある。

しかし、その晴明に匹敵する実力の陰陽師がいた。それが、破星部一真《はせべいっしん》だ。一真は九字を唱えながら、空中に九芒星《きゅうぼうせい》を描き、そこから火鬼・水鬼・土鬼・木鬼の四体の鬼を呼び出して、使役することが出来た。

これを、〈四鬼神の術〉という。

破星部一真は陰陽師の頂点に立つために、四鬼神の術で安倍晴明に挑んだが、勝負に敗れて都を追われた。

安倍晴明の子孫は土御門家《つちみかどけ》となり、徳川家康が幕府を開くと、陰陽道宗家となって、全国の陰陽師を支配することになった。

一方、野《や》に下った格好の破星部一真は、実は、安倍晴明から極秘の任務を与えられていた。

それは、海の向こうから日本へ渡ってきた最凶の妖〈異形《いなり》〉を、駆逐することである。

稲を司《つかさど》る宇迦之御魂神《うかのみたまのかみ》が、神力によって異形を抑えこんでいるが、時として、その手先の野干《やかん》などが、神力の間隙《かんげき》をぬって抜け出し、暴《あば》れまわっていた。

破星部一真は、名を長谷部一真と改めて、日本六十余州をめぐって、異形と闘ったのであった。

そして、一真の子にも孫にも、異形討伐の任務は受け継がれた。

徳川第十代将軍・家治の治世となった現在では、長谷部一族は全国に散り、土御門家の命《めい》を受けて、異形のみならず、人に災いを為すあらゆる妖と闘っている。

その長谷部一族宗家の現在の当主が、十六歳の長谷部透流であった。

先代の当主であった実父の長谷部鳳元《ほうげん》は、長年の無理が祟《たた》って、昨年、亡くなっている。

しかし、透流は、百足の妖を使役することは出来るが、未だに四鬼神の術を会得していない。

鳳元の弟――長谷部曹元も、銀蛇の妖〈白銀姫《しろがねひめ》〉を使役できるだけであった。

一族の中で、四鬼神の術を使えるのは、鳳元の叔父に当たる長谷部亀角《きかく》だけである。

しかし、その亀角が、先月、木曾《きそ》の山中で無惨《むざん》な死体となって発見されたのだ。

首も手足も引き千切《ちぎ》られた、ばらばらの死体であった。

四鬼神を操る亀角を殺したのは、いかなる妖か。

長谷部一族の命運を賭けて、透流と曹元は、亀角の仇討《あだう》ちをするために、この福島へやってきたのだった。

三

木曾は尾張藩《おわりはん》六十二万石の飛び地であるが、代官として領民を統治していたのは、旗本《はたもと》の山村家《やまむらけ》であった。

戦国時代には木曾氏の重臣であった山村家が、徳川の時代になっても、そのまま木曾を治めていたのである。

しかし、檜《ひのき》や椹《さわら》などの豊かな森林資源は、尾張藩の材木奉行《ぶぎょう》が管理していた。

材木奉行所は上松宿《あげまつじゅく》にあり、高野槙《こうやまき》の樹皮を剝ぎ取っただけでも死罪になるというほど厳しい。

盗伐を防ぐために、材木奉行配下の山同心《やまどうしん》という屈強な男たちが、木曾の山中を駆けめぐっていた。

木曾の山中には、木地師《きじし》などの村があるが、二ヶ月前から、その村民たちが次々と行方知れずになる事件が起こった。

さらに、農夫や木樵だけではなく、熊をも倒すという山同心にも、三名の行方不明者が出たのである。

御三家筆頭の尾張藩の面目にかけて、材木奉行所は、行方不明の山同心たちを捜したが、見つけ出すことは出来なかった。

そのため、尾張藩から土御門家に正式の依頼があり、長谷部亀角が木曾に乗りこんだのである。

だが、先にも述べたように、長谷部一族最強の陰陽師は、謎の敵に敗れたのであった……。

真夏の今も、海抜千メートル以上の木曾の山中は涼しい。

それでも、夜明けとともに福島宿を出た長谷部透流と曹元は、正午《ひる》過ぎには汗だくになっていた。

曹元は、頭巾《ずきん》に白衣《びゃくえ》、結袈裟《ゆいげさ》、鈴懸《すずかけ》、括り袴、八目《やつめ》草鞋という山伏の格好をしている。

腰には護摩刀、手には錫杖を持っていた。

落差の大きい滝の開けた河原で休憩し、二人は、昼餉《ひるげ》を摂《と》ることにした。

細かな水滴が無数に空中に漂っているから、空気が清々《すがすが》しい。

透流は、旅籠で作ってもらった握り飯を食べながら、

「叔父上。亀角翁《おう》の亡くなった東雲村《しののめむら》まで、あと、どのくらいですか」

長谷部亀角は、一族の者から尊敬をこめて、「亀角翁」と呼ばれていた。

「そうだな――」

曹元は、地図を取り出して、

「あと、半刻というところだろう」

「そんな山奥の奥にも、人が住んでるんですね」

「うむ。冬などは、大変らしいぞ」

竹筒の水を飲んでから、草原は言う。

「村全体が雪に埋まるようなもので、ひたすら春を待つばかり。病人が出たら、村中総出《そうで》で、まず雪掻きをする。それから、橇《そり》に病人を乗せて、麓《ふもと》の宿場まで引っぱって行くそうだ。吹雪の中、宿場まで行き着くことが出来ずに、遭難することもあるというな」

「聞いただけで、寒くなりますね」

握り飯を食べ終えてから、透流は、真剣な表情になって、

「亀角翁が四鬼神の術を持ってしても敗れた相手は、どんな妖でしょうか」

「それだがな」と曹元。

「とてつもない化物と思われるが、実は、違うかも知れん」

「違う？」

透流は眉をひそめた。

「四鬼神の術が敗れたのではなく、亀角翁は、術を使う前の油断しているところを襲われたとしたら、どうだ」

「なるほど……」

術を使う間もなく妖に襲われたのであれば、いかに優れた陰陽師であっても、撃退するのは難しい。

「行方知れずになった山同心たちも、相手が人間と思って、気を抜いたところを殺《や》られたのではないか。たとえば、女とか、子供のように見えるやつとかな」

たしかに、相手が女子供の姿をしていれば、山同心も油断してしまうだろう。

「私たちの九郎丸と白銀姫で、そいつに勝てましょうか」

「やってみるだけだ。まあ、何とかなるだろう」

曹元は、笑ってみせる。

「ところで、亀角翁が亡くなって、その四鬼神たちは、どうなったのでしょう」

「使役する者がいなくなったのだから、四体とも解き放たれたのではないか」

「何だか、勿体《もったい》ないですね」

「そうだな。譲って貰えるものなら、譲ってほしいくらいだな」

つるりと顔を撫でて、曹元は立ち上がった。

「さあ、当主殿。もう、ひと頑張りですぞ――」

四

「妙だな」

長谷部曹元は、山間《やまあい》の村を見下ろして、

「人の姿がないぞ」

それは、二十戸ほどの集落であった。村の入口に細い川が流れて、太い丸木橋が架《か》かっている。

村には猫の額ほどの面積の畑もあるが、そこも荒れていた。

「竈や囲炉裏《いろり》の煙も、上がっていませんね」

長谷部透流も、不審げな顔つきになった。

ようやく、長谷部亀角が殺された東雲村に辿《たど》り着いたのだが、村の様子がおかしいのであった。

「透流、こっちへ」

二人は、狭い山道から繁みの蔭に移る。

「まるで、無人の村のようだな」

「亀角翁を殺した妖を怖れて、住んでいた人たちが、村を捨てたのでしょうか」

「それなら、福島宿で噂になっているだろう」

曹元は少し考えてから、

「よし。俺は、村の背後にまわる。透流、お前は正面から村へ入るのだ。そうだな——」

村の南側にある杉の木を指さして、

「あの一本杉の影が、丸木橋のところに重なったら、正面と背後から、同時に村へ入ることにしよう」

「わかりました」

「くれぐれも油断するなよ。相手が年寄りでも子供でも、な」

「はい、叔父上」

「では——」

山伏姿の曹元は、右手の木立《こだち》の奥へと消えた。

一人になった透流は、村を見下ろしながら、

(相手が年寄りでも子供でも――か。父上だったら、こんな時、どうしただろう……)

母を幼い頃に亡くした透流は、父の長谷部鳳元に育てられた。

鳳元は常々、「力のある者はな、その力を弱い者のために使わなければならぬ。力を自分のためだけに使うのなら、それは禽獣《きんじゅう》と同じだ」と透流に言い聞かせた。

「我ら陰陽師には、普通の人々には出来ないことが出来る。だから、苦しんでいる人、悲しんでいる人を救うのが、陰陽師の仕事なのだ」

何百回も繰り返し聞かされたその言葉は、透流の耳の奥に染《し》みこんでいた。

娘陰陽師は、左腰に下げた黒い竹筒を撫でまわしながら、

(妖が子供の姿で出てきたら……私は九郎丸に、闘えと言えるだろうか)

そんなことを考えているうちに、一本杉の影の先端が、丸木橋に近づいてきた。

「行くか――」

透流は山道へ戻ると、村へ向かって下ってゆく。

丸木橋の少し手前で立ち止まり、村を眺めた。

やはり、人けがない。動くものが、何もなかった。

ただ、夏の強い陽射しが、村の乾いた地面に降り注いでいるだけであった。

村の裏手にまわったはずの曹元の姿は、ここからは見えない。

杉の木の影が、丸木橋に達した。

「――――」

透流は、右手を腰の後ろにまわした。帯に差した短剣の柄を握って、いつでも抜けるようにしてから、丸木橋を渡り始める。

ぎっ、ぎっ……と丸木橋の軋《きし》む音が、やけに耳に響く。

透流は、村の中央の広場に向かった。そこに立って、周囲の家を見まわす。

その家々から、出てくる者はなかった。物陰に隠れて、こちらを見ているような視線も感じない。

見知らぬ他所者《よそもの》が村へ入ってきたのだから、村民がいれば、必ず、出てきて誰何《すいか》をするはずなのだ。

しばらくの間、そこに立っていたが、曹元は姿を見せない。

「叔父上は、どうしたのだろう……」

まさか、曹元は、謎の妖に襲われてしまったのか。

だが、それならば、何らかの妖気か邪気を感じるはずであった。

(――とにかく、家の中を調べてみよう)

村の北側が、一段高くなっている。そこに建っている家が、この村では最も大きい。

おそらく、村長《むらおさ》の家であろう。

透流は、その家へ向かって、歩き出した。左右に目を配り、背後の気配にも気をつける。

目指す家の出入り口は、板戸が閉じられていた。

その時、右手の方で、突然、妖気が膨れ上がった。

「むっ」

見ると、それは真っ赤な炎の塊であった。しかも、その炎塊には、両眼と嘴《くちばし》がある。

「火鬼!?」

透流は愕然とした。

それは、長谷部亀角が四鬼神の術で呼び出す火鬼――松明丸なのであった。

松明丸は、透流の周囲を一回りしてから、嘴を開いた。

吐き出された黄色っぽい炎弾が、透流に向かって飛んでくる。

「ちっ」

横っ跳びに跳んで、透流は、その炎弾を躱《かわ》した。

目標を失った炎弾は、地面にぶつかって、四方へ弾《はじ》ける。

立ち上がった透流は、目の前の家の板戸に体当たりした。

割れた板戸ごと、広い土間《どま》へ倒れこむ。

短剣を抜いて、透流は立ち上がり、外を見た。

松明丸は家の外を飛びまわっているが、こちらへ入ってくる様子はない。

（どういうことだ。亀角翁は、死んだんじゃなかったのか……ひょっとして、ばらばらにされた死体は、替え玉か）

だが、仮に長谷部亀角が生きていたとしても、四鬼神を使って透流を攻撃する理由が、わからない。

（もしや、叔父上も四鬼神に殺られたのでは……）

ぴちゃり……と、背後で水が垂れる音がした。

振り向くと、水瓶の中から、大きな手が突き出している。その濡れた手は、柄《ひ》杓《しゃく》を持っていた。

「水鬼！」

それは、四鬼神の水鬼――舟幽霊《ふなゆうれい》であった。

舟幽霊は、持っていた柄杓を、さっと振った。

中の水が水弾となって、透流めがけて飛ぶ。

透流が土間を転がって躱すと、外れた水弾は、竈に大きな穴を開けた。

もしも、水弾が頭部に命中したら、頭蓋骨が粉砕されていただろう。

透流は、草鞋履きのままで板の間に駆け上がり、奥の座敷へと走った。畳から、埃が舞い上がる。

床の間のある座敷に辿り着くと、透流は立ち止まって、土間の方を見た。

水鬼は水のある場所にしか出られないし、松明丸も屋内には追ってこないようだ。

「一体、何がどうなっているのか……」

透流は、短剣を構え直した。敵が亀角だとしても、闘わねばならないのか。

「亀角翁、いるなら出てきてっ」

そう叫んだ時、地鳴りのように、ごろごろという音が響いた。

背後の床の間が破裂したように弾け飛んで、大きな土の球体が転がり出る。

四鬼神の土鬼《どき》――土ころびであった。

危うく、透流は、その土ころびの体当たりをくらいそうになった。

が、間一髪の差で、庭へ飛びだしたので、助かった。

透流は、黒い竹筒の栓を抜いて、

「出でよ、九郎丸！」

その竹筒を振った。するりと出現した大きな黒百足は、土ころびに向かって、威嚇《いかく》するように触覚を蠢かす。

（しかし……土の妖に対して、九郎丸の毒液は効果があるのか）

透流がそう考えた時、背後から、何かが摑みかかってきた。

「ああっ」

それは木の枝であった。

振り向くと、いつの間にか、椋《むく》の巨木が庭に立っている。

その巨木の幾つもの枝が、わらわらと蠢いて、透流を背後から拘束したのであった。

第四の四鬼神――木鬼、すなわち、樹娘である。

「――好《い》い態《ざま》だな、透流」

そう言って、姿を現した者がある。

「叔父上っ⁉」

信じられないという表情で、透流は叫んだ。

五

その長谷部曹元は、透流が今まで見たことのないほど冷酷な表情をしていた。

まるで、別人のようであった。

「どういうことですか、叔父上っ」

髪の毛までも樹娘の枝に絡まれて、身動きの出来ないまま、透流は問う。

「まだ、わからんのか」

曹元の頭の上を火鬼が旋回し、庭の池からは水鬼が突き出して、彼の脇には土鬼が控えている。四番目の四鬼神である木鬼は、多数の枝で透流を背後から拘束していた。

曹元は、その四鬼神を見まわして、

「この四体の四鬼神は、わしが使役している」

「でも、それは、亀角翁の四鬼神ではなかったのだな」

「そうか。兄者は、お前に話していなかったのだな」

左腰に下げた竹筒を手にして、曹元は言った。

「陰陽師を殺すと、その使役していた四鬼神は、殺した者が自由に出来るのだ。つまり——この廃村で亀角翁を殺したのは、わしだよ」

「……っ⁉」

透流は驚愕の余り、言葉を発することを忘れてしまった。

「さっきも言っただろう。どんなに凄腕の陰陽師でも、油断すれば簡単に殺される」

曹元は乾いた口調で言う。

「まさか、亀角翁も、実の甥に、いきなり刺し殺されるとは思わなかったのだろうな。鳩が豆鉄砲をくらったような顔のままで、息絶えたよ。その後で、わしは白銀姫に、死体を八つ裂きにさせた……人ではなく、妖に殺されたように見せかけるために、な」

木曾の村人や山同心を襲った妖は、実は、曹元の使役する大蛇の白銀姫であった。

亀角をおびき寄せるために、曹元は、そのような事件を仕組んだのである。

そして、東雲村に現れた亀角に、「叔父上。手伝いに参りました」と言いながら近づいて、短剣で刺殺したのだ。

「な…なぜ、亀角翁を殺したのですっ」

「――お前のせいだ」

「え」

「お前が、宗家の当主になったからだっ」

吠えるように、曹元は言った。

「いいか。わしは、お前の何倍も優れた陰陽師で、宗家の血もひいている。しかし、長男の娘というだけで、お前は宗家を継いだ。わしを蔑ろにして……だから、わしは、実力で当主の座を奪うことにしたのだ」

「そんな……」

「苦労して四鬼神の術を会得しなくても、すでに会得している者を殺せば、四鬼神は手に入る。だから、わしは亀角翁を殺して、今また、お前を殺そうとしておるのだ」

曹元の両眼は、興奮のために真っ赤に血走っている。

「お前を始末したら、次は、京で惰眠《だみん》を貪っている土御門家の当主に術比べを挑む。そして、土御門泰栄《たいえい》を倒して、わしが陰陽頭《おんみょうのかみ》となるのだ」

「叔父上……あなたは正気じゃない」

「狂っているというのか。ははは」

曹元は嗤った。

「だったら、陰陽師なんぞになった時から、わしは狂っていたのだろうよ」

そして、竹筒の栓を抜くと、

「お前の妖の死にざまを見せてやろう——出でよ、白銀姫っ」

さっと竹筒を振った。

銀の鱗を光らせた大蛇が、宙に躍り出る。その全長は、二間半《にけんはん》——四メートル半もあろうか。

「白銀姫、九郎丸を啖えっ」

鎌首をもたげた銀蛇に、大百足の九郎丸の方が先に襲いかかった。

蛇体に巻きつくと、その頭部に嚙みつこうとする。

が、その黒い頭を、かっと口を開いた白銀姫が丸呑みにした。

「九郎丸！」

透流が悲痛な声で叫ぶ。

大蛇の白銀姫は顎を動かして、ごくりごくりと大百足を呑みこんでいった。

ついに、九郎丸は尻尾《しっぽ》の先まで、銀蛇に呑みこまれてしまう。

「ふふふ。次は、透流、お前だ」

曹元は、愉《たの》しそうですらあった。

「白銀姫の腹の中で、九郎丸と仲良く溶け合うがいい——喰ってしまえっ」

透流に向かって、銀色の大蛇は大きく口を開いた——が、急に苦しみだした。

長い胴体を揺すって、地面を、のたうちまわる。

「ど、どうしたのだ、白銀姫？」

困惑する曹元の眼前で、大蛇の腹が縦に裂けた。

その裂け目から、半《なか》ば溶けかかった大百足の頭部が出てくる。

そして、顎脚の毒爪から、勢いよく毒液を飛ばした。

「〜〜〜ァァァっ!!」

人間のものとは思えぬほどの絶叫が、毒液を浴びた曹元の喉から迸り出た。

同時に、透流を拘束していた樹娘の枝の力が緩む。

術者と使役されている妖は、見えない絆《きずな》で繫がれているのだ。

「う、うっ」

透流は、動かせるようになった右手の短剣で、自分の軀を締めつけている枝を切断した。

髪の毛と枝は複雑に絡み合っているので、短剣で髪の方を、ざっくりと切ってしまう。自由になった透流は、静かに曹元に近づいた。

地面に倒れた曹元は、九郎丸の毒のために、全身が水死体のように青膨れしている。

「と…透流……苦しい……わしを…殺してくれ」

絞り出すようなしわがれ声で、曹元は言った。

「頼む……殺し…て……」

次の瞬間、曹元の口から、間歇泉《かんけつせん》のように、大量の血が噴出した。その血には、溶けた臓腑《ぞうふ》が混じっている。

四肢を虫のように痙攣《けいれん》させて、長谷部曹元は死んだ。

「………」

透流は、ぼんやりとした表情で、無惨極まる最期を遂《と》げた叔父の死体を見下ろす。

それから、動かなくなった白銀姫と九郎丸の方を見た。二体とも、息絶えている。

「九郎丸……私を助けてくれて…ありがとう」

そう呟いた透流の目から、涙の粒が零《こぼ》れ落ちた。

ふと気がつくと、松明丸も舟幽霊も土ころびも、樹娘も、透流の方を見ていた。

「ああ、そうか」

曹元が死んだので、この四鬼神の所有権は、長谷部透流に移ったのである。

「――四鬼神、戻れっ」

そう命じると、四体の四鬼神は瞬時に姿を消した。

これからは、透流が九字を唱えながら空中に九芒星を描くと、いつでも、四鬼神を呼び出して使役することが出来るのだ。

真昼の廃村に、透流は、ただ一人で取り残された。

強烈な夏の陽射しも、透流の心を温めてはくれない。

「父上……」

立ち尽くしたままの透流の目から、滂沱《ぼうだ》として涙が流れ落ちる。

「苦しんでいる人、悲しんでいる人を救うのが、陰陽師の仕事だと言われましたね……だ…だったら」

幼児のように、透流は泣きじゃくった。

「苦しんで悲しんでいる陰陽師は……一体、誰が救ってくれるのですか……父上っ」

木曾の山中に、十六歳の娘陰陽師・長谷部透流の問いかけに答えてくれる者は、誰もいなかった。

第三話　人憑《ひとつ》き

一

「はあ？　富籤《とみくじ》で一攫千金《いっかくせんきん》を狙うだと……へへ、これだから、おめえらは、うだつが上がらねえんだよ」

その饅頭に筆で目鼻を描きこんだような顔をした小男は、ふらりふらりと軀《からだ》を左右に揺らしながら、毒づいた。酔っ払いなのだ。

「あんなものはなあ、最初《ハナ》っから当たり籤が決まってて、胴元の方で褒美金を山分けするんだ。おめえら貧乏人の懐へなんて、鐚銭《びたせん》一文、入るもんかい」

「何を言いやがる、この唐変木《とうへんぼく》めっ」

大工らしい日焼けした男が、激高して立ち上がった。こちらも、相当に酔っている。

「富籤の当たりは、錐《きり》で箱の中の木札を突いて、それを読み上げて境内《けいだい》に集まったみんなに見せるんだ。不正なんて、あるわけねえ。適当なことを言ってると、風呂敷でくるんで音無川《おとなしがわ》に叩っこむぞっ」

「そこが、おめえらの足りないところよ。当たり籤の番号を書いた木札を、境内のみんなに見せる——というがな。遠目で、細かい字が読めるもんかい」

「まだ言いやがる。当たりの木札は、立合のお役人も見て確かめるんだ。どうやって、お役人の目を誤魔化すんだ」

「だから、そのお役人も共謀《ぐる》なんだよっ」

その言葉を聞いて、奥の切り落としの小座敷で飲んでいた二人の侍が、口元に猪口を運ぶ手を止めた。

「――――」

「――――」

二人は身動《みじろ》ぎもせずに、卓の上の肴に目を据えたまま、背中を耳にして、小男の次の言葉を待つ。

「お役人と寺の坊主が手を組みゃあ、どんな悪さも出来るじゃねえか。いいか、もっと阿漕《あこぎ》な手口は…」

「うるせえっ」

大工の拳骨《げんこつ》が、小男の頭に叩きこまれた。

「あ、殴りやがったな。痛《い》てて」

「痛てえがどうした、もっと殴ってやる」

さらに殴りかかろうとするのを、同じ卓にいた仲間三人が、慌てて止めた。

「権《ごん》の字《じ》、やめろやめろ」

「また、親方に怒られるぞっ」

「さ、帰るんだっ」

二人が権の字という男を表に押し出して、残りの一人が勘定を払った。

「悪かったな、親爺《おやじ》」

「へい。また、どうぞ」

お辞儀をした居酒屋の親爺は、小男の方を見て、

「与茂吉《よもきち》さん。あんたも、もう帰りな。酔ったからといって、滅多なことを言うもんじゃない。お役人の悪口なんぞ言ったら、手が後ろにまわるよ」

「ちぇっ、親爺まで信じねえのか」

ぶつぶつ文句を言いながら、与茂吉は飲み代を払うと、ふらふらと外へ出て

行った。

「気をつけて帰るんだよ」

親爺がそう声をかけると、小座敷にいた侍が、すっと出てゆく。

もう一人の侍が、親爺の前に来て、

「まだ宵の口なのに、ずいぶんと賑やかだな」

穏《おだ》やかな笑みを浮かべて、勘定を払う。

「お騒がせして、申し訳ございません」

「世間では大工と左官は犬猿の仲というが、本当であったか」

「いえ、権造《ごんぞう》さんは確かに大工ですが、与茂吉さんは左官じゃありません。そこの宝湯《たからゆ》の湯番《ゆばん》ですよ」

「しかし、湯番なら、今時は仕事の真っ最中だろう」

「今日は昼間、ずいぶんと風が強かったもんですから、お町からのお達しで、湯屋は休みでございます。ですんで、与茂吉さんは夕方から腰を据えて飲んでいたわけで」

「なるほどなあ」

釣りを受け取った侍は頷《うなず》いて、

「旨かった。また、寄らせて貰おう」

「へい。ご贔屓《ひいき》に」

親爺は深々と頭を下げた。

侍が出てゆくと、親爺は片付けるために小座敷の方へ行く。

「おや」

親爺は首を傾《かし》げた。

卓の上の肴も酒も、ほとんど手つかずだったのである。なみなみと注がれた猪口の酒も、そのままであった。


「どいつもこいつも……ひくっ、俺を馬鹿にしやがって」

千鳥足《ちどりあし》の与茂吉は、下谷坂本町の通りを歩いてゆく。三月半《なか》ばの夜風には、若葉の匂いが含まれていた。

「俺は見たんだ、確かに聞いたんだ……だけど、誰にも言えねえ。ちきしょうめ……おや」

普請場《ふしんば》があったので、与茂吉は足を止めた。

さっき、大工の権造に殴られたことを思い出した与茂吉は、

「よしよし、意趣返しだ」

人けのない普請場の奥へ入りこむと、用足しをするために、着物の前を開く。

その時——与茂吉の頰に、冷たいものが押し当てられた。

「へ？」

目玉だけ動かして見ると、それは抜身の刃であった。

「ひっ……」

酔いが消し飛んだ与茂吉は、腰を抜かして、地べたに座りこんでしまう。

刃を突きつけたのは、居酒屋にいた侍の一人であった。与茂吉を尾行してきたのだ。

その隣にいる勘定を払った方の侍が、

「——宝湯の湯番、与茂吉だな」

「へ、へい……」

「貴様、先ほどの店で、富籤の当たり札がどうこう申しておったようだが」

「お町の旦那ですか、すいませんっ」

慌てて、与茂吉は土下座をした。

「ありゃあ、みんな、口から出まかせでございます。お許しをっ」

「そうではあるまい」

侍は、冷たい口調で言った。

「俺は見た、確かに聞いた──と歩きながら申していたではないか」

「……………」

「どこで見て、どこで聞いたのか、それを詳しく話して貰おうか」

「そ、それは……」

口ごもる与茂吉の目の前に、刀の切っ先が突き出された。

「ひぇっ」

小さく叫ぶと、与茂吉は、ころんと横倒しになった。気を失ったのである。

「どうする」

抜刀している方の侍が、もう一人に訊いた。

「うむ……手間暇《てまひま》かけて責め問《せど》いするよりも、後難のないように、ここで口封じをしてしまうか」

「よしっ」

その侍は、刀の切っ先を倒れている与茂吉の胸に向けた。すると、

「──待てっ」

背後から、一喝した者があった。

「北町奉行所《ぶぎょう》の定町廻《じょうまちまわ》り同心《どうしん》、和泉京之介だ。そこで、何をしているっ」

「あっ」

二人の侍は顔を見合わせると、素早く逃げ出した。

「待ちやがれ、この野郎っ」

張り切って、岩太が追いかけようとすると、

「待て待て、岩太。こっちが先だ」

和泉京之介は、与茂吉の前にしゃがみこんだ。

「おい、しっかりしろ」

肩を強く揺すったが、与茂吉は目を覚まさない。

「変ですねえ、この野郎」

岩太が、小男の手足を交互に持ち上げて、

「蛸《たこ》みたいに、手足に力がなくて、ぐにゃぐにゃしてますぜ。まるで。気絶と言うより、まるでホトケみてえだ」

「ううむ……」

着物の襟をはだけて、京之介は、その左胸に耳を押し当ててみた。

「心《しん》の臓《ぞう》は、動いているようだが」

「——どうかなさいましたかな」

通りの方から声をかけてきたのは、道服《どうふく》を着た若い男である。

気品のある容貌で、句会の帰りの俳諧の師匠か何かに見えた。

「わたくしは日下部《くさかべ》晴庵《せいあん》と申しまして、医術の心得もございますが」

「それは助かる」と京之介。

「この男が、気を失っているのですが——」

「どれどれ、拝見しましょう」

しゃがみこんだ晴庵が、与茂吉の左手首に触れて、脈を取る。

そばに立って成行《なりゆき》を見守っている岩太の足元に、どこから来たのか、白い仔猫がまとわりついた。

首に赤い紐で鈴を下げているので、野良猫ではなく、飼い猫らしい。

「にゃあにゃあ、うるさい奴だな。今、お前に構ってる暇はねえんだ。静かにしやがれ」

「岩太、お前が静かにしろ」

「へい……すいません」

叱られた岩太は、腹立ちまぎれに、足で仔猫を邪剣《じゃけん》に押しやる。

「ふうむ、妙だ。どうも、ただ気を失っているのではないようです」

晴庵は、京之介に言った。

「わたくしの家は、そこの金杉村《かなすぎむら》ですから、そこでじっくりと診《み》ましょう」

「わかりました——おい、岩太。すまんが、こいつを担いでくれ」

「へい、お安い御用で」

岩太は、軽々と与茂吉を背負う。

「では——」

日下部晴庵が、先に立って歩き出す。京之介と小男を背負った岩太が、それに続いた。彼らを見送った材木の上の白い仔猫は、みゃあ……と、もの悲しげに鳴いた。

二

「本当に急な話で、お光さんには申し訳ないんだが、これも和泉の旦那のお指図《さしず》でね」

岩太は、暖簾《のれん》を下ろした橘屋の前で、怒濤《どとう》のよう喋《しゃべ》りだした。

「実は、日本橋の呉服屋に押し入って番頭《ばんとう》を傷つけ、六十両を奪った留八《とめはち》という奴がいる。こいつの情婦《いろ》が千住《せんじゅ》に住んでるから、そこに留八も隠れてるんじゃないか——と、旦那と一緒に行ってみたが、これが骨折り損の草臥《くたび》れ儲け。その女は、とっくに新しい男と仲睦《なかむつ》まじく所帯を持ってて、留八なんかにゃ目もくれねえ。がっかりして、二人で日光街道をとぼとぼ帰ってきたら、道端の普請場の奥で、きらりと刀が光るじゃないか。ひらりと飛びこんで、そこで何をしているっ——と怒鳴りつけた時の旦那の格好良さ、まるで千両役者だ、お光さんにも見せたかったねえ。いや、それはともかく……二人組の侍は逃げて、倒れていた野郎を起こそうとしたんだが、これが、うんともすんとも返事がねえし、蛸か海月《くらげ》みてえに、ぐんにゃりしてる。そこへ通りかかったお医者さん、日下部晴庵先生とおっしゃるんだが、金杉村の先生の家へ運びこんで、野郎を診て貰った。これが、四角い文字が並んだ難しい本がいっぱいある、立派なお屋敷でね。舐めるようにじっくりと…いや、舐めはしねえが、じっくりと調べてみたら、これはただの病気じゃない。世に言う離魂病、遊魂病の類《たぐい》ではないか——とね。寝てる間に、人の軀から魂が抜け出て、そこら辺をふらふらするのを、離魂病というそうだ。だから、医者よりも、信用の出来る修験者か祈禱師に頼んでみた方が良い――とおっしゃる。若いのに、実に話のわかった先生だ。並の医者なら加持祈禱とか言っただけで、頭から湯気を立てて怒るもんだからね。それに、野郎が目を覚まさないことには、二人組に殺されそうになった理由もわからねえ。まあ、そういう訳で、お光さんを迎えに来たのさ。本当は、あの離魂野郎をこっちへ連れてくればいいんだが、あんまり元の場所から動かしてしまうと、抜け出した魂が迷って帰れなくなる――と晴庵先生が言うんだな。今度は、旦那の御墨付《おすみつき》で、こうやって駕籠《かご》も用意して、俺が迎えに馳《は》せ参《さん》じたってわけさ。店を閉めたばかりで、疲れているだろうが、俺と一緒に来てくれねえか――はあ、喋りすぎて喉が渇いた。すまねえが、水を一杯」

主人の彦兵衛が差し出した茶碗の水を、岩太が旨そうに飲み干している間に、帰り支度をしたお光は、店の前で待っていた町駕籠に乗りこんだ。

「じゃあ、お願いします」

「はいよっ」

駕籠が威勢よく駆け出して、岩太が、その脇を付いてゆく。

神田川沿いに西へ走って、和泉橋《いずみばし》を渡り、御徒町《おかちまち》通りを北上して、下谷の日光街道へ出るのだ。

駕籠の中で、お光の頰は自然に綻んでいた。昼間、いつものように見廻り途中の和泉京之介が店に寄って茶を飲んでいったが、一日に二度も逢えるという嬉しさ――さらに、事件に関わらないようにと釘を刺していた京之介が、わざわざ自分を呼んでくれたというのも、嬉しい。

二重の嬉しさで、渡る橋の名が和泉橋というのまで、嬉しさを増す要因になるほどだ。そろそろ、御徒町通りから日光街道へ合流する――という辺《あた》りで、

「おっ、透流さんじゃないか」

駕籠の外で、岩太の声がした。

「あ、駕籠を止めてください」

お光が言ったので、駕籠舁《か》きは足を止めて、駕籠を地面に下ろした。後棒が、懐に入れていたお光の草履《ぞうり》を、駕籠の前に置く。

垂簾《たれ》を上げると、岩太が、男装の娘陰陽師・長谷部透流と話をしている。

「いつ、江戸へ戻ってきたのかね。たまに顔を見せてくれねえと、妹分のお光さんが寂しがるぜ」

「今時分《いまじぶん》、二人でどこへ行くんだ」

怪訝《けげん》な面持《おもも》ちの透流に、岩太が得意そうに、

「いやね、この先の金杉村に日下部晴庵という偉いお医者様がいて、そこへ行く途中よ。和泉の旦那も、そこで待ってるんだ」

「日下部…晴庵？」

十八歳の透流は絶句した。

夜目にも白く血の気の引いた顔を見て、岩太も、お光も驚いた。

「透流さん。そのお医者様が、どうかしたんですか」

駕籠から出たお光が、立ち上がって透流に訊く。

「いや、その……その日下部晴庵というのは……」

衝撃の余り、透流は、口が上手く動かないようであった。

「晴嵐《せいらん》様だ……その日下部晴庵というのは、安倍晴嵐様の別名なんだ」

三

天和《てんな》三年――霊元《れいげん》天皇の綸旨《りんじ》と徳川五代将軍綱吉《つなよし》の朱印状によって、京の土御門家は陰陽師本所となった。土御門家の家祖は、あの安倍晴明である。

土御門家は、朝廷と幕府の儀礼、祈禱を執り行う。

そして、卜占《ぼくせん》を生業とする者は、すべからく陰陽頭である土御門家から許状を貰う必要があり、同時に、上納金を貢納する義務を負うのだ。

さらに、機内やその周辺の宗教関係の芸能者や西日本の暦師《こよみし》も、土御門家の支配下に置かれた。

江戸にも土御門家の役所があり、今は吉村市正《よしむらいちまさ》が権頭《ごんのかみ》——つまり、江戸総奉行となっている。

土御門家江戸役所は、東日本の卜占師を掌握して、芸能者、宗教者をも傘下に収めようと運動していた。

現在の土御門家の当主である泰栄《やすえい》は、分家の倉橋家《くらはしけ》から来た養子である。

しかし、先代の土御門泰邦《やすくに》には息子がいた。京から下って、江戸役所の視察をした時に、身のまわりの世話をしてくれた女中のお藤《ふじ》に、泰邦は手をつけたのである。

身籠《みご》もったお藤は、難産の末に男の子を産むと、息を引き取った。

その子は、晴嵐と名づけられた。

偉大な家祖の晴明から一字をとったことからして、泰邦が、この子を溺愛していたのがわかるだろう。

泰邦は京の梅小路村の屋敷で晴嵐を育て、陰陽師として才能豊かな息子に土御門家を継がせようとした。

ところが、庶子で、しかも関東の女が生んだ子を、由緒ある土御門家の当主にすることは出来ぬ――と周囲が猛反対したのだ。

悪いことに、後継者の話し合いをしている最中に、〈斗酒《としゅ》泰邦〉と呼ばれるほど大酒飲みだった泰邦が、卒中《そっちゅう》で倒れてしまった。

家司《けいし》たちは、これ幸いにと、養子縁組の話を進め、分家から泰栄を迎えて、これを後継者に決めてしまったのである。

言葉を発することも意思を表すこともできず、泰邦が寝たきりになっている間に、庶子の晴嵐は、江戸へ追い払われた。

そして、金杉村に屋敷を与えられて、長谷部一族を管轄《かんかつ》する役目だけを与えられたのである。

それは、江戸役所が晴嵐から距離を置くための口実であった。

泰邦が亡くなると、泰栄は正式に土御門家の当主となり、晴嵐は飼い殺し同然の扱いとなった。

この土御門家に対する反発から、晴嵐は、安倍姓を名乗っている。
そして、金杉村の人々に対しては、安倍晴嵐は、本草学者の日下部晴庵という
ことになっていた……。

「──旦那様」

老僕の嘉平《かへい》が、そう告げたので、

「お光という娘さんが、お着きになりました」

総髪《そうはつ》の日下部晴嵐──安倍晴嵐は、ここへ通すようにと命じた。

与茂助の枕元に座っていた和泉京之介の顔が、明るくなる。

少ししてから、お光が座敷の前に来て、敷居際に跪《ひざまず》いた。

「お召《め》しにより、参りました」

淑《しと》やかに、頭を下げる。

「よう来られた。さ、中へ入りなさい」

晴嵐は、穏やかな口調で言う。

「はい、失礼いたします」

お光が座敷へ入ってくると、

「岩太はどうした」

京之介は、お光の様子がいつもと違うようなので、眉をひそめる。

「それが――」

お光は顔を曇らせて、

「駕籠屋さんと何やら支払いのことで揉めていて、京之介様に来ていただきたいと」

「何をやっているのかな」

大刀《だいとう》を手にして、気軽に立ち上がった京之介が、廊下の方へ歩き出そうとした時――晴嵐が、袂《たもと》から取り出した五寸釘を無造作に畳に突き立てた。

「え」

京之介は愕然とした。

足が固まったようになり、一歩も前へ進めなくなったのである。

いや、足だけではない。腕も軀も、頭も動かせなくなった。動かせるのは、目と口だけであった。

「――影縫《かげぬ》い」晴嵐が言う。

「お前の影を、この五寸釘で畳に縫いつけた。安倍流陰陽術としては、初歩の初歩だがな」

「安倍？　陰陽術…？」

京之介には、何のことかわからない。

「さて、と」

安倍晴嵐は、お光の顔をじっと見つめた。

「なかなか見事な化身術《けしんじゅつ》だが――この俺が、そんなもので騙《だま》せると思ったのか、透流」

「あっ」

ようやく、京之介は気づいた。

この日下部晴庵と名乗った男が、以前に長谷部透流に聞いた、陰陽師の安倍晴嵐であることを。

そして、透流と呼ばれた〈お光〉は、顔を強《こわ》ばらせていた。

晴嵐は、右手の人差し指と中指を立てると、

「解《かい》っ」

お光に向かって、その二本指を振り下ろした。

「あああっ」

見えない手で払われたように、お光の軀は、毬《まり》のように廊下まで吹っ飛ぶ。

そして、廊下に叩きつけられた時、その姿は、四幅袴を穿いた長谷部透流のものになっていた。

その懐から、緋縮緬の襷《たすき》が顔を覗かせている。

「なるほどな。お光の襷を身につけることで、化身を完成させていたのか」

「………」

「どこで会ったのか知らぬが、お光に化けてこの座敷へ入りこみ、口実を作って和泉京之介を外へ逃す——そういう策だな。やれやれ、俺は飼い犬にまで手を嚙まれたか……」

晴嵐は薄く嗤った。

先ほどまでの人の良さそうな医者という仮面は、拭《ぬぐ》い去られている。

「だが、その後、どうするつもりだった。まさか、俺の目を騙しおおせるとでも思ったのか」

「………」

小さく呻きながら、切り下げ髪の透流は、晴嵐を見つめる。

あまりにも激しく廊下に叩きつけられたので、その痛みのために動けないらしい。

「お光と岩太は、どこだ。それを言え」

「…………」

透流は無言であった。

「そうか、そこまで庇《かば》うのか」

晴嵐は懐紙《かいし》を折り畳んで、人の形にする。

その人形の片方の腕の先端を摘まんで、ひょいと捩った。

「わあァっ」

透流が悲鳴を上げた。その右手が、無惨《むざん》に捻《ねじ》れている。

「もう少しだけ、この人形の腕の先を捩ると――お前の右手は千切《ちぎ》れて落ちる」

安倍晴嵐は、不気味なほど静かな口調で言った。

「なぜ、二人を助けようとする。居場所を白状しろ」

「厭《いや》ですっ」

透流は、首を左右に振った。

「あの二人は、私の……大事な、大切な、友ですから」

「本当の陰陽師に、友などおらぬ。上か下かがあるだけだ」

苛立《いらだ》たしげに、晴嵐は言う。

「さあ、言え」

「やめろ、やめてくれっ」

京之介は叫んだが、晴嵐は聞く耳を持たなかった。

「言わねば、捻るぞ」

晴嵐の両眼が、狂的な光を帯びる。その時、

「やめてくださいっ」

庭へ駆けこんできた者があった。お光と岩太である。

二人は蹴るようにして草履を脱ぎ捨て、座敷へ駆け上がる。

「もう、ひどいことはやめてっ」

お光が叫ぶと、晴嵐は舌打ちをした。

人形を広げて元の懐紙の形に戻し、京之介の影から五寸釘を抜き取る。

「おっ」

突然、動けるようになった京之介は、勢い余って、岩太の方へ転げこむ。岩太は危うく、その軀を受け止めた。

「ようやく、役者が揃ったか。芝居小屋の顔見世興行というところだな」

安倍晴嵐は、四人の顔を見まわした。

「馬鹿、どうして出てきたんだ……」

左手で、右の手首を押さえながら、透流が言う。

「だって……あたしたちが無事でも、透流さんが傷ついたら、何にもならないじゃありませんか」

「……なんて甘い連中だ」

顔をしかめながらも、透流の顔は嬉しそうであった。

「仲良しごっこは終わりか」

不機嫌そうに、晴嵐は言った。

「お光といったな。お前をとって喰うつもりはない。少し調べたいことがあるだけだ」

「では、何でも、お気のすむように調べてください。でも、誰にもひどいことはしないと、約束して」

「ふん、俺は外道《げどう》扱いか」と晴嵐。

「俺は何も、嘘を言ってお前を呼び出したわけではないぞ」

「……………」

「俺の通り名が日下部晴庵であることは本当だし、医術と本草学の心得があることも本当だ」

　夜具に横たわっている与茂吉を顎で指して、

「あの男が離魂病であることも本当なら、医者より祈禱師が必要だというのも、本当だ――俺が陰陽師の安倍晴嵐であることは、言わなかっただけでな」

　それから、晴嵐は、じっくりとお光を見つめる。その視線が、結綿髷《ゆいわたまげ》に挿《さ》した黄楊《つげ》の櫛に止まった。

「古い櫛だな、母の物か」

「はい。御母さんの形見です」

「そうか……櫛には呪力があるが、煙羅という妖がそれを寝床にしたのには、別の理由もある」

「別の理由？」

「子を想うお前の母の心が、その櫛に籠もっている……それが、煙羅に安らぎを与えているのだろう」

「まあ……」

　お光は嬉しそうな顔になった。その笑顔を、晴嵐は眩《まぶ》しそうに見て、

「お前、父は健在か」

「いいえ。御父《おとっ》つぁんも御母さんと一緒に、あたしが小さい頃、流行病《はやりやまい》で亡くなりました」

「そうか……父母の墓は一緒か」

「はい」お光は素直に頷く。

「東金村のお寺に、二人一緒に眠っています。でも、兄夫婦も、みんなもいますから、寂しくありません」

「……」

晴嵐は、十七娘の顔から目を逸《そ》らせた。

「では、煙羅を出してみせろ」

そう言われて、お光は頭を少し傾げた。

「うん……そうなの……わかったわ」

呟くように言ってから、晴嵐の方を見て、

「おえんちゃんは、櫛から出たくないそうです」

「なぜだ」

「あなたの心が……とても強い怨念にまみれて怖いから、と」

「何だとっ」

激怒して、晴嵐は立ち上がった。

「妖の分際で、俺を嬲《なぶ》るかっ」

総髪を逆立てんばかりの怒りようであった。

「訊かれたから、答えたまでだ」と京之介。

「お光に罪はあるまい、八つ当たりはよせっ」

「どいつもこいつも、俺を……」

怒りで歯噛みした安倍晴嵐だが、ふと、庭の方を向いた。

「――何だ、あいつらは」

四

「三人、四人……十人はいる」

障子の蔭《かげ》に身を潜めて、和泉京之介は、庭に侵入した者の殺気を探った。

「――いや、十二人だな」

安倍晴嵐が言う。そして、夜具に寝ている与茂吉の方を見て、

「どうやら、この男を始末しに来たようだ。とんだ大物だな、こいつは」

「何者でしょう、旦那」

京之介の脇の岩太が、十手《じって》を抜いて訊いた。

「普請場から逃げた二人の侍は、陪臣《ばいしん》のように見えたが……」

「どこの誰でも構わぬ」と晴嵐。

「この屋敷に押し入ったことを、たっぷり後悔させてやる」

そう言って、晴嵐は、とんっと右足で畳を踏んだ。

すると、八畳間の四枚の畳が、命あるもののように、ぱっと垂直に立ち上がる。

右手の二本指を立てた晴嵐は、それを水平に振って、

「翔《しょう》っ」

その号令によって、四枚の畳は燕のように、座敷から外へ飛び出して行った。

「わっ」

「何だ、これはっ」

「ぎゃっ」

庭に侵入していた曲者《くせもの》たちは、飛来した畳に打ち倒されて、大混乱に陥った。

斬りつけようにも、自由自在に宙を飛ぶ畳を斬るのは容易ではなく、逆に刀を

弾《はじ》き飛ばされてしまう。

「十、十一、十二……よし。全員、叩きのめしたようだな」

そう言いながら、晴嵐は、廊下へ出た。

「解っ」

晴嵐が二本指を縦に振ると、四枚の畳は、糸が切れように地面に落ちた。

そして、広い庭のあちこちで、重い畳に打ち倒れた侍たちが、息も絶え絶えに呻き声を洩らしている。

彼らは、袴の股立《ももだ》ちを取り、襷掛けをして、額に鉢金《はちがね》という勇ましい姿だが、畳の直撃で骨が折れ、内臓が潰れているのであった。

庭の惨状を面白そうに眺めてから、晴嵐は、透流たちの方を向いて、

「どうだ。俺を怒らせた者は、このようになる。お前たちも…」

その時、お光が、

「危ないっ」

そう言いながら、脇から晴嵐に飛びついた。ひゅんっ、と弦音《つるおと》がしたが、飛来した矢は、白い霧のようなものに阻まれて宙に止まった。

黄楊の櫛から飛びだした煙羅が、塀の上から射られた矢を摑《つか》んだのである。

そして、煙羅は塀の方へ飛ぶと、弓を構えた射手《いて》を包みこんだ。

「殺さないで、おえんちゃん。気絶させるだけでいいわっ」

お光が言うと、煙羅は、そいつを地面に抑えつける。精気を吸われて、その侍は、ぐったりとしてしまう。

「——退《の》け」

晴嵐は、お光の軀を乱暴に押しのけた。倒れそうになったお光を、京之介が背後から受け止める。

「娘、どういうつもりだ。なぜ、俺を助けた」

迂闊《うかつ》にも射手の存在に気づかなかった自分に、晴嵐は腹を立てていた。

「あなたが死ぬのを、見たくなかったから」

お光は毅然《きぜん》として、晴嵐を見つめた。

「あたしは、人が死ぬのを見るのは嫌いです……」

そう言って、十七娘は両手で顔を覆ってしまう。京之介は、その肩を抱いてやる。

「この娘は、こういう気性なのだ。あなたには、信じられないかも知れんが」

「ふん、下らぬ」

晴嵐は、くるりと背中を向けて、

「興《きょう》が削《そ》がれた。後始末をしたら、お前ら、みんな帰れっ」

吐き捨てるように言うと、安倍晴嵐は屋敷の奥へ引っこんだ。

「透流さん、動けるかね」

岩太が心配そうに言うと、長谷部透流は軀を起こして、

「大丈夫、打身《うちみ》だけだ」

無理に笑ってみせた。

「良かった……さて、旦那。後始末というと」

「とにかく、庭に転がってる奴らに、みんな、縄をかけるんだ」

「で、あっちの野郎は」

岩太は、夜具の与茂吉の方へ、顎をしゃくる。

「それは……あのまま寝かせておくしかないだろう。抜け出した魂が戻ってくるまで」

京之介がそう言った時、みゃあと鳴き声がした。見ると、沓《くつ》脱ぎ石のところに、白い仔猫がいる。

「あれ。この猫は、普請場にいたやつだ」

岩太が、猫の顔を覗きこんだ。

――お光。

空中に漂う煙羅が、言った。

――この猫の中に、与茂吉がいる。

「それはどういうこと」

お光は唖然とした。

――つまり、この猫は……人憑《ひとつ》きなのだ。

五

「狐が人に憑いたら、狐憑き――人間様が猫に憑いたら、人憑き……なるほどねえ、理屈は通ってますね」

岩太は、感心したように首を捻《ひね》る。

「呑気《のんき》なことを言うな」と和泉京之介。

「その人憑きのために、俺が報告書の辻褄《つじつま》を合わせるのに、どれだけ苦労したと思ってるんだ。大汗をかいたぞ」

晴嵐屋敷の騒動から数日後——横山町にある甘味処《かんみどころ》の二階座敷に、京之介、岩太、それにお光と長谷部透流が揃っていた。

娘たちは、白玉の入った善哉《ぜんざい》を食べている。男二人は、昼間なので、一本の銚子の酒を舐める程度にしていた。

「でも、与茂吉さんの魂が、無事に軀に戻って、良かったですね」

善哉の椀を手にして、お光が言った。

あれから——白い仔猫を意識のない与茂吉の胸の上に乗せると、すぐに、与茂吉が目を覚ましたのである。

そして、与茂吉の告白によって、事件の全貌が判明した。

眠っている間に魂が抜け出してしまう与茂吉は、ある夜、野良猫の中に入りこんだので、何か御馳走はないかと料理茶屋の中を徘徊していた。

その時に、寺社奉行の一人である安西信衛《あんざいのぶえ》と宗蓮寺《そうれんじ》住職の日照《にっしょう》が、離れ座敷で密談しているのを、聞いてしまったのである。

富籤の興行で、当たり札を誤魔化して褒美金を奉行と住職で山分けする——悪事は、それだけではなかった。

いつも、褒美金を山分けして、籤に当たった者がいないと、世間から不審に思われる。

それで、三回に一回は、公正に当たり籤を決めるのだ。

そして、数百両が当たったと喜んだ男が、その褒美金を少しだけ遣《つか》ったところで、寺社奉行の家臣が、事故に見せかけて男を殺し、残った金を巻き上げていたのである。

夜明けに自分の軀に魂が戻った与茂吉は、決してそのことを口にすまいと思っていたのだが、居酒屋で夕方から飲んでいるうちに、酔っ払って喋ってしまった。

それを、同じ居酒屋にいた三木勝蔵《みきかつぞう》と酒井左千雄《さかいさちお》に、聞かれたのである。二人は、安西信衛の家臣であった。

与茂吉を尾行《びこう》した三木たちは、普請場で、彼を殺して口封じをしようとした。

そこを和泉京之介に見つかって、二人は逃げ出したが、酒井は安西屋敷に逃げ帰り、三木はこっそりと京之介たちを尾行した。

酒井の報告を聞いた安西奉行は、与茂吉の抹殺《まっさつ》のために、十一名の家臣を選んだ。

そこへ、三木が戻ってきて、与茂吉が金杉村の日下部晴庵の屋敷へ運びこまれたことを告げた。

すぐさま、安西奉行は、三木たち十三名に、日下部屋敷へ乗りこんで、家人もろとも与茂吉を殺せ——と命じたのである。

安西信衛は寺社奉行という立場柄、日下部晴庵が、土御門泰邦の庶子の晴嵐であることを知っていた。

だが、江戸役所との仲が険悪なので、晴嵐を殺してしまっても大事にはならない——と判断したのだ。

しかし、襲撃は失敗し、京之介たちに召し捕られて、北町奉行所に連行された家臣たちは、真相を白状した。

安西信衛は寺社奉行を罷免されて、家臣どもども、処分の沙汰を待っている……。

「江戸へ戻ると、いつも、お前たちに変な事件に巻きこまれるから、ちっとも気が休まらない」

お茶を飲んで、透流が言った。

「でも、無事に解決したから、いいじゃありませんか」

岩太が笑った。

「まあ、そりゃそうだけど」

そう言った透流が、不意に、顔を赤くした。

「どうかしましたか、透流さん」

「い、いや……何でもない」

慌てて誤魔化したが、透流は、あの夜、屋敷から退出する時に、晴嵐に言われたことを思い出したのだ。

透流、二年前の答えが見つかったようだな——安倍晴嵐は、そう言ったのである。いくぶん、羨ましそうに。

この世には、苦しんで悲しんでいる陰陽師をも慰めてくれるものが、あったのだ。

「本当に、呑気な奴らだな」

娘陰陽師の長谷部透流は、わざと、ぶっきらぼうに言った。

「馬鹿馬鹿しくなってきたから、おれはもう一杯、善哉を貰うことにする」

あとがき

お待たせしましたが、ようやく、『あやかし小町《こまち》』第五巻をお届けします。

第一話の『どくろ舞《まい》』は、第四巻の第三話『王子《おうじ》の狐《きつね》』のラストから繋がっているエピソードですが、単独で読んでいただいてもわかるように書いたつもりです。

第二話の『死闘《しとう》・四鬼《しき》神狩《がみが》り』は、タイトルからもおわかりの通り、娘陰陽師・長谷部透流が初主役となるエピソードで、しかも、過去篇です。純粋なオカルト・アクションというのも、今回が初めてですかね。

さらに、第三話の『人憑《ひとつ》き』は、この第二話とリンクしたエピソードで、第三巻の第三話『死神娘《しにがみむすめ》』に登場した「あの方」が、再び登場なさいます。

三本とも違う話術で書いてみましたので、楽しんでいただければ幸いです。

第四巻のあとがきに、「今さらながら、ようやく、『あやかし小町』という作品の世界観が確立出来たような気がします」と書きましたが、この巻では、レギュラー陣とセミ・レギュラー陣のキャラクターを書きこむことが出来たような気がしますね。

いや、本当に、作者の気のせいでないと良いですが（笑）。

色々とお待たせしておりますが、次は『凶華八犬伝』上下巻を刊行する予定です。今後とも、よろしくお願いします。

二〇一九年（令和元年）五月

鳴海　丈

《参考資料》

『江戸の町医者』小野眞孝　（新潮社）
『妖異博物館』柴田宵曲　（筑摩書房）
『続　妖異博物館』柴田宵曲　（筑摩書房）
『近世陰陽道の研究』林淳　（吉川弘文館）
その他

この作品は廣済堂文庫のために書下ろされました。

特選
時代
小説

KOSAIDOBUNKO

あやかし小町《こまち》
大江戸怪異事件帳《おおえどかいいじけんちょう》
どくろ舞《まい》

2019年7月10日　第1版第1刷

著者
鳴海《なるみ》 丈《たけし》

発行者
後藤高志

発行所
株式会社 廣済堂出版
〒101-0052 東京都千代田区神田小川町2-3-13 M&Cビル7F
電話◆03-6703-0964［編集］ 03-6703-0962［販売］ Fax◆03-6703-0963［販売］
振替00180-0-164137　http://www.kosaido-pub.co.jp

印刷所・製本所
株式会社 廣済堂

ISBN978-4-331-61676-5 C0193